Nicholas Nørgaard

Niels Olsens pige

Roman

Forord

Jeg har i ti år vidst, at jeg på et tidspunkt skulle fortælle historien om Niels Olsens pige. Hun er ikke en bestemt person, ej heller kvinde nødvendigvis. Historien om Niels Olsens pige handler om mennesker, som af en god mening gør forkerte ting. Den handler om de akavede og de prisgivne, de henrivende og de utilregnelige. Den handler om din næste og din næstes næste, og så handler den om dig og om mig.

Dette er en historie bygget på sandheder og løgne. Den handler om ægte mennesker, som alle bærer en byrde på deres skuldre - og så handler den om øjnene i mørket.

Den er et skulderklap og en fuckfinger.
En hyldest og en hån.
En hjælpende hånd og et råb om hjælp.
Et opråb og en advarsel.

TAK til alle de medvirkende - for at fortælle jeres historie.
ROS til alle de medvirkende - for at række ud og stå frem.
UNDSKYLD til alle de medvirkende - for at rive op i gamle sår.

Til min datter Ema.

Niels Olsens pige

kan aldrig gå lige.

Det er hendes væsen

at gå efter næsen,

men næsen er skæv.

- Ukendt

1

De havde aftalt at mødes på restaurant Cul-de-Sac,
selvom det ikke var med hans gode vilje. Det var sidst
på måneden, og flybilletterne havde været dyre.
Omvendt var han også bare glad for, at det havde
lykkedes dem at finde en dag, de begge havde tid.
Selvom det var midt i maj, havde forårssolen endnu
ikke lagt sit varmetæppe over ham, men han var vant
til den ustadige vind fra dagligdagen i Bristol, og luften
her var mere behagelig, end i hans midlertidige hjemby
på den britiske østkyst. Han havde lige afsluttet sit
speciale i litteratur, og nu var han vendt hjem for at
tømme hovedet for de tanker, der havde bygget sig op
over de seneste syv måneder; var det nu også godt nok?
Det var en konstant frygt, som viste sig foran hans
nethinde i mængden af tankemylder, men nu havde
den manifesteret sig og brændt sig fast i det øjeblik,
han afleverede sin opgave. Det første han gjorde efter
indlevering, var at sætte sig ned med ryggen mod
muren og græde. Nu var der ikke længere noget, der
kunne redde ham. Det var hvad det var blevet til, og nu
kunne han ikke gøre andet, end at vente på det
endelige resultat.

Han var knap nok trådt indenfor, da Jakob langsomt
gik ham i møde. I hænderne holdt han to store fadøl,
som han koncentreret balancerede i frygten for at

spilde de dyre, gyldne dråber, som på enhver anden pub i de engelske gader, havde kostet en brøkdel af, hvad Jakob sikkert havde betalt for dem. Det var først da han kiggede op og fik øjenkontakt med Simon, at smilet bredte sig på hans læber, og glasset i den venstre hånd skummede over. Da det først var for sent, satte han tempoet op.

- *Jeg har taget et bord udenfor,* sagde han og pegede med hovedet i retning af udgangen, og Simon holdt døren mens Jakob passerede ham. Han stillede øllene på det lille cafébord, og gik så tilbage indenfor for at hente en klud mens han undskyldte for sin klodsethed. Simon satte sig ved bordet og iagttagede lyset fra ølglassene, som dansede på overfladen af den mørke træplade, og han sansede ikke Jakob komme frem bag ham, inden han havde lagt sine hænder på skuldrene af ham. - *Hold kæft, det er længe siden, mand*, sagde han mens Simon rejste sig fra stolen, og gav ham et kram. Han holdt ham længere, end hvad Simon normalt var vant til, men på en måde føltes det rart for ham. Jakob klappede ham et par gange på ryggen, og løsnede derefter sit bjørnegreb, inden han gik over på modsatte side af bordet, og satte sig ned i stolen. Simon fulgte trop og skålede med Jakob, som tog en tredjedel af øllen i sin første slurk. - *Så er du tilbage igen. Hvordan går det?* spurgte han og stillede sin øl tilbage på bordet.

10

- *Det går stille og roligt,* svarede Simon og gav ham et forsigtigt smil.

- *Hold nu op med dit pjat! Du er tilbage på "Borgen" igen efter et smut i det store udland. Hvordan er det gået derovre? Hvad med din opgave?*

- *Det er gået fint. Godt. Det er gået rigtig godt. Det gik som forventet. Nemt at falde til, svært at forlade igen. Du ved, som vi snakkede om, inden jeg tog derover.*

- *That's my boy! Så nu går du bare og venter på det endelige resultat?*

- *Ja, det kan man sige. Jeg afleverede den i sidste uge, så efter der var styr på den del, er tiden bare gået med at pakke ned og gøre klar til returen.*

Jakobs smil blev større og større, mens han ivrigt lyttede til Simon. Han virkede stolt med en stolthed, som han normalt kun havde for sin egen person.

- *Hold kæft, hvor er det bare fedt at høre, Simon,* sagde han, mens smilet kun blev bredere på hans læber. Man skulle tro, at det ikke kunne blive større. - *Jeg troede måske dit engelske ville være blevet bedre efter et år derovre, men jeg kan høre, at jeg stadig har titlen som den stærkeste på det felt.* Det kunne smilet, og stoltheden havde fundet tilbage på sin rette plads. Heldigvis for Simon vidste Jakob ikke, at de manglende kundskaber var udeblevet af åbenlyse årsager, der lå bag løgnen om det succesfulde ophold han havde haft; i hvert fald på det personlige plan. Det havde ikke været

11

så let at falde til, som de begge havde drømt om, at det ville være for ham. Tværtimod. Det var et benhårdt og konkurrencebetonet miljø, og hvert eneste individ var sit eget i ordets bedste forstand. Længe leve det senmoderne samfund og dets egen selvfedhed. Ethvert karaktertræk, som lå udenfor normen af hvad der var forventet af den enkelte, blev i stedet for en hyldest af det unikke, set som en trussel mod fællesskabet. Måske var janteloven dansk, men på den engelske østkyst levede den i bedste velgående. Hvorfor skulle en ligegyldig og ubetydelig dansker have lov til at være ekspert på engelsk litteratur? Behandlingen kunne ikke være anderledes. Det meste Simon kom ud under sit ophold, var pubben, der lå et kvarters penge på gåben fra kollegiet; og den eneste grund til, at han drak sig fra al sans og samling var, at alkohol var bandlyst under taget på det prestigefyldte bosted, som han så det som. Et hjem var skabt af, hvad der var indenfor de fire vægge, og ikke murene der indhyllede det. Simon havde været langt væk hjemmefra.

- *Hvad sker der med dig?* spurgte Simon og drak igen af sin øl. - *Arbejder du stadig på Katedralen?*

- *Ja. Eller nej. Både og,* svarede Jakob, der fik fjernet det nu tomme ølglas fra sine læber. - *Jeg har søgt orlov.*

- *Orlov? Jeg troede, at du elskede dit arbejde?*

- *Det gør jeg jo også, men... Du kender jo Tanja, og det er min tur til at ofre mig.*

- Så hvad skal der ske?

- Jeg tager til København. Vi giver det et år, og finder ud af, om vi kan få det til at fungere. Lækkert hvis vi kan, men hvis ikke, har jeg stadig jobbet på skolen. Forhåbentlig kan jeg overtale hende til at komme med tilbage igen næste sommer. Hvis ikke, så gav jeg det chancen.

Simon kiggede på ham. Han virkede uafklaret, men han var for stolt til at indrømme sin egen tvivl. I stedet smilede han skævt tilbage til ham. En servitrice kom over, og fjernede det tomme glas fra bordet. *- En mere,* sagde han, og smilede til hende. Han tog fat om Simons glas, og tog en slurk. *- Derfor...* fortsatte han så, og stillede glasset tilbage på bordet. *- Derfor tænkte jeg på, om det ikke kunne være noget for dig?*

- For mig? sagde Simon, og så uforstående på ham.

- Ja, for dig. Du flytter jo tilbage til byen, ikke? Du kommer tilbage med en kandidat i engelsk litteratur, og skal under alle omstændigheder i job, hvis du stadig drømmer om at få en Ph.D., ikke? Hvorfor så ikke undervise og tjene nogle gode penge, mens du gør klar til det næste? Du bilder mig ikke ind, at du er for fin til at være gymnasielærer. Det giver du mig ikke. Han så eftertænksomt over på Jakob, som blev mere og mere insisterende i sit blik. *- Du kan endda overtage min lejlighed på Sct. Peter. Så slipper du også for at skulle ud og bruge alle de mange penge, du alligevel ikke har på*

at finde et sted at bo. Se det som dit livs mulighed. Han gned sin tommelfinger rundt på kanten af glasset, mens han kunne føle Jakobs afventende blik brænde sig ind i huden på ham. Måske havde han en pointe med det?

- *Men jeg har jo aldrig undervist?*

- *Nej, men det er jo for fanden da ikke raketvidenskab. Det er teenagere, de fleste af dem hører alligevel ikke efter, hvad du siger til dem. De er frosset fast i deres computerskærm. Det er andetårselever. De var ved at dø af skræk efter det første år, så nu bruger de et år på at falde til ro igen, inden det bliver alvor på tredje år. Du risikerer ingenting ved det, for jeg kommer alligevel tilbage og overtager når det virkelig gælder for dem. Du er i virkeligheden bare en støttepædagog, som en gang imellem skal lave en scene og spille skuespil, når Emil eller Laura for ottende gang stadig ikke har afleveret deres essay om et eller andet fucking ligegyldigt lort.*

- *Jeg skal lige forstå, at du rent faktisk godt kan li' dit arbejde?*

- *Jeg elsker det; men det er andetårselever, det drejer sig om. På ungdomsuddannelser er det bare en lorteårgang. Det er ligesom syvende klasse i folkeskolen, hvor alt går op i konfirmation. Spørg mig lige, om jeg savner det? Ikke en skid. Så kan det godt være, at det her ikke er den faglige creme af lærergerningen, men de unge mennesker er pissedejlige, og de kommer ikke til at give dig problemer. Tro mig.* Han drak igen af Simons glas. *- Dit største problem bliver at holde fokus, når du hver eneste dag skal stå og snakke med søde 18-19-årige piger, og balancere professionalisme med den evige fantasi om hver eneste af dem i skolepigeuniform.* Han grinte, mens han tog imod den nye fadøl, som han med det samme tog en slurk af. *- Jeg skal nok lægge et godt ord ind for dig og sørge for, at du får jobbet. Det skal du ikke tænke på. Men det er en chance, du kun får én gang, og jeg vil opfordre dig til at gribe den, mens den er der.*

Hvad der mere blev talt om, huskede han ikke. Tankerne kørte rundt i hovedet på ham som en Le Mans-bil i et 24-timers løb. Sådan føltes det i hvert fald. Og selvom tankerne kørte rundt i ring, så evnede han ikke at fange en eneste af dem. Han havde våde håndflader, men vidste ikke, om det var kondensvand fra det kolde glas eller sveden af nervøsitet, som fyldte hans hænder. Det var som om, det hele allerede var sket, inden det overhovedet var begyndt.

2

Talte man om at bygge bro, havde Simon to
muligheder: Vådt træ eller brændt træ.

Hans far var træmand, resultatet af en arbejderfamilie,
som vendte hver en krone sidst på måneden. Ingen ville
komme med indrømmelsen om, at han var en fejl, men
ikke alt der skete ved et uheld behøvede at være noget
dårligt. Faktisk kunne man argumentere for, at han var
en investering med afkast, da han fik en alder hvor han
selv kunne arbejde og skyde kapital ind i en
skræntende økonomi, som var deres
underklassefamilies liv. Han brugte det meste af sin
sene ungdom på at køre lastbil. Det gav ham den ro
han nød så meget af, og som han havde set sin egen far
nyde mere end noget andet han havde oplevet, med det
samme han satte sig ved køkkenbordet med dagens
avis efter endt arbejdsdag. Hans mor var den yngste i
en pigeflok på tre. Hendes ældste søster var familiens
12-talspige, hende der aldrig skabte nogen problemer,
hende som gik på universitet, og hende som fik et
udvekslingsophold i Pennsylvania, og først vendte
tilbage til Danmark, da der var noget vigtigere end
hendes karriere. Den midterste søster var alt det, den
ældste søster ikke var. Hun var rebellen, som pjækkede
fra skole, og røg smøger på taget efter forældrene var
gået i seng. Der sad hun og så på stjernerne, og viste

bryster til de forbipasserende biler på villavejen, og frydede sig over, at ingen nogensinde ville tro på det, hun foretog sig. Til sidst var der Simons mor. Det var hende, som var den usynlige. Hun var kvalmende gennemsnitlig og ligbleg af altid stå i skyggen af sine søstre, hvad enten det var i den ældste søsters stjernestøv eller den midterstes sorte kappe. Det gav mening, at hun faldt for ham. De mødtes på et værtshus i en forstad til Aalborg. Det var anden gang, hun havde sneget sig ud uden sine forældres accept. Ugen forinden var første gang, og endelig havde hun en følelse af, at folk lagde mærke til hende. Det betød ikke noget for hende, om det var midaldrende mænd, der gemte deres glubske øjne og frådende munde bag den tunge cigaretrøg, eller om det var hendes fars nedladende ord, der slog hende som piskesmæld over hendes foroverbøjede ryg og sunkne nakke. Det var rart bare at blive rørt ved.

Det var faktisk hende, der ville ham mest. Det var ham, der havde sat sig på det yderste sæde i båsen i håbet om, at ingen ville sætte sig ved siden af ham. Det var hende, som trak stolen over. Det var hende, der sagde det første ord, da det gik op for hende, at han ikke havde tænkt sig at gøre noget. Hun forstod ikke alt, han sagde med øjnene. Det var hende, der tog fat om hans hånd, og trak ham ud på toilettet, hvor hun begyndte at bruge sin mund til at fortælle ham alt det,

17

som de ord, der ikke betød noget for ham ikke kunne. Det var ham, der frøs i panik, da det bankede mod toiletdøren. Det var hende, som foreslog parkeringspladsen. Det var ham, der foreslog lastbilen. Han kunne ikke sige nej, så i det mindste kunne han gøre det så bekvemt som muligt. Hun ville ikke afslå.

Han var nødvendigvis heller ikke nogen dårlig far. Han var hårdtarbejdende, selvbevidst og ansvarsfuld. Det så man i det øjeblik, det gik op for ham, at han skulle til at være forælder. Hun var tiltrukket af hans alder og påstående erfaring. Hun gav ham en udfordring, som han nok skulle løse. De slog sig ned i Aalborg, og han begyndte at studere til tømrer. Han var nødt til at slå noget sammen. Ikke for sin egen skyld, men for sit kommende barn.

De gav ham navnet Andreas. Det var ham, der valgte navnet. Det betyder "mand". Det havde han behov for, at nogen var.

Syv år senere kom Simon til. Det betyder "den lyttende". Det var hende, der valgte det. Det havde hun behov for, at nogen gjorde.

3

Han havde taget slips på, for det havde han set i film.
Han havde aldrig været til en jobsamtale før. Han havde
været til optagelse på universitet i Bristol, men der
kunne han gemme sin usikkerhed bag sine ord. Der
vidste han, at han havde noget at have det i. Denne
gang havde han ingenting. Enhver anden ansøger
havde de evner, som han selv havde. De havde endda
en relevant uddannelse. Han havde sjældent følt sig så
ligegyldig.

Der var et hav af biler på parkeringspladsen og
mennesker overalt, hvor han vendte sig. Klokken var
14.30, og der var fyldt med liv i enhver afkrog af
pladsen, der var indrammet af de høje træer, der skulle
afskærme og beskytte den grå bygning, der var lige så
mat og kedelig, som hans egne forventninger til hvad
der snart skulle foregå. Han trådte ind i den store hal,
og fik sig ved hjælp af aflæsning af skilte og en smule
held sneget sig hen til administrationen. Han følte sig
som en fremmed, men lyden af hans fodskridt der
ekkoede gennem de åbne rum, gav ham en følelse af, at
han var på rette vej. At han var pianisten til den sidste
lydprøve inden den endelige koncert. Han blev vist ind
på en lang gang med døre i matteret glas, og han satte
sig ydmygt på den polstrede stol, der var nærmest
oprevet af gentagende tryk. Den var rusten og hang i en

tynd tråd. Så meget nervøsitet havde den holdt på, i døende sekunder, der havde føltes som en evighed. Så mange liv, der først skulle til at begynde.

Døren gik op, og en mand med kort, lysebrunt hår og skarpt markerede briller tog imod ham og bød ham indenfor. Simon hørte ikke efter, men fortsatte ind i klasselokalet, som var sat op som til enhver folkeskoleeksamen. Det var noget man ikke kunne ødelægge hvis blot man kunne sige sit navn, men som også gav ham den samme angst, som han havde følt for år tilbage. Det var dengang han havde sagt alt det, han selv troede på, men som de ikke ville høre. Det var der, han havde været tro mod sig selv, men ikke mod verden omkring ham. Det var dér, hvor han havde lykkedes med at fejle. Han satte sig ned ved bordet og så på de tre mennesker overfor ham. Der var ham med brillerne. Der var hende med det korte, brune hår og klare rynker, og så var der ham med det grå, pjuskede overskæg, som mest af alt lignede noget fra en dårlig B-film. Simon nikkede modløst og ængsteligt over mod dem, inden "Brillen" begyndte samtalen:

- *Så, Simon... Jeg kan forstå, at du er noget helt andet, end hvad vi ellers ansætter her.*

- *Nå. Hvordan?* svarede Simon nervøst.

- *Jeg vil starte med at sige, at vi har været rigtigt glade for Jakob her på skolen, men vi må også sige, at når Jakob anbefaler nogen, så må der være noget om det. Så*

20

lytter vi. Det gjorde Simon ikke. - *Jeg skal være ærlig med dig. Jeg ser det her som et vikariat, forstået på den måde, at du vil være en afløser for Jakob. Ikke en erstatning. Det betyder ikke, at vi ikke kan bruge dig i fremtiden, men Jakob fortæller også, at det ikke er dér du er. Derfor er vi også villige til at se et år frem med dig ved roret, give dig muligheden for at vise det du kan, og så lade os overraske, hvis det er dér, vi er til sommer.* Simon nikkede videre, uden at have samlet ét eneste ord op på vejen. "Brillen" fortsatte: - *Jeg tænker også, at man kan have godt af nye input. Det vil være lidt af et "scoop" for os at få én som dig ind i vores team.* Han bed mærke i ordet "scoop". Det var han aldrig blevet kaldt før.

- *Jakob fortæller, at du har en kandidat fra Bristol?* overtog "Overskægget". Simon nikkede.

- *Ja, det har jeg. Eller... Den er afleveret, og så skal den jo lige godkendes og forsvares...*

- *Men det er bare formaliteter, ikke?* fortsatte "Rynken".

- *Jo, det tænker jeg da...* svarede Simon. Han forsøgte at holde øjenkontakt, men det var som om, de så direkte igennem ham. "Rynken" kiggede over på "Brillen". Så kiggede "Brillen" tilbage på Simon.

- *Har du nogen erfaring med undervisning?* spurgte han og lænede sig ind over bordet.

- *Altså, jeg har da gået i skole, men ikke undervist andre.*

- Ingen lektiehjælp? Ingen hjælpetjans i den lokale
forening? Simon rystede på hovedet. Så satte "Brillen"
sig tilbage i stolen. *- Kan du huske tilbage på din egen*
skoletid? Om det så er folkeskole, gymnasiet eller din
universitetstid. Kan du pege på din bedste og din værste
underviser fra din egen skoletid?

Simon blev eftertænksom. Det var svært at finde den
værste, for dem havde der været rigeligt af. De fleste af
dem var selve definition på den samme gamle sang om,
at hvis ikke man kunne blive andet, så kunne man
altid blive lærer. Han havde altid været bedre end sine
lærere i engelsk, og var hellere en gang for meget blevet
sendt udenfor døren for igen at have rettet på dem. Han
lavede sjældent sine ting, for niveauet var for lavt, og
når han alligevel blev sendt ud, kunne han læse i hvad
der for ham var grundbøger mellem Harry Potter og
William Shakespeare. Han var på ingen måde
matematisk heller. Det var først år senere man
opdagede hans talblindhed, og indtil da måtte han leve
med forestillingen om, at han bare var dum. I stedet
skrev han regnestykkerne med bogstaver og trænede
sin håndskrift. Det var lige indtil, han blev sendt
udenfor døren igen – men så kunne han jo læse videre.
I stedet gav han sig til at tænke på den bedste
underviser han var stødt på, men kunne ikke komme i
tanke om nogen fra et undervisningsmæssigt
synspunkt. I Bristol havde han haft fantastiske og

inspirerende professorer, men på et universitet syntes han ikke, at han så på dem på samme måde, som han ellers ville gøre. De var ikke undervisere for ham. De var mennesker, som så ham, og ikke igennem ham, på den måde som han havde oplevet det i Danmark. Det var dem, som i stedet for at give ham tæsk, havde grebet fat i ham og sagt *"så bliv dog for fanden til noget"*. De var deres ageren og deres følelser, og de var også mennesker, af det samme kød og blod, som han selv var. "Brillen" rømmede sig utålmodigt, og Simon kom tilbage fra sit tankespind og kiggede på ham. Så nikkede han bestemt i håbet om at skjule sine tvivl.

- *Godt så,* sagde "Brillen" og så på sine kollegaer. De nikkede i gråzonen mellem bekræftelse og anerkendelse, men resultatet var det samme. De rejste sig alle og gav hinanden hånden. Simon trådte ud af lokalet og mærkede sine skuldre synke og sin vejrtrækning stoppe, da døren gik i. Han var i live, men det skulle lige gå op for ham.

4

Han havde forsøgt at ringe, men ingen havde tid til at tage telefonen og snakke. Der var heller ikke kommet noget retur på hans sms'er. Han vidste godt, at hans mor ikke brød sig om at skrive. Hun mente, at livet var for værdifuldt til at overlade kærlighed til skrift. Hans far svarede bare aldrig. Ikke fordi han ikke kunne. Han gad bare ikke. Han følte som Simons mor, men bare med en anden agenda. Han følte, at folk gemte sig bag deres skrevne ord. At hvis ikke noget var vigtigt nok til, at man skulle have svar med det samme, at noget ikke var vigtigt nok til, at man tog sin egen dyrebare tid ud for at tage patent på andres, så var det bare ikke vigtigt nok og ikke værd at bruge sin tid på.

Han havde taget toget ind til byen og planlagt at gå den halve time hjem. De vidste ikke, at han var tilbage, for han havde ikke sagt noget. Måske var det af samme grund, at de følte, det kunne vente. Han ville nødig presse sig på, men kunne blive nødt til det. Han var træt af at sove i opgange, men ville ikke føle sig som en byrde. Måske burde han have spurgt Jakob om hjælp, men det lød som om, han havde nok mellem hænderne. Han havde heller ikke fortalt ham, at han fik jobbet, men tænkte, det gav sig selv. Han havde nok hørt det fra anden kant, men for travlt til at reagere på det med det samme.

Han havde nasset sig til en halvkold kaffe for at skjule den dårlige ånde af hjemløshed og for mange dage uden tandpasta. Han havde taget sig en "truckervask" fra en billig private label deodorant, som han stadig havde liggende i rygsækken. Det var der, hans liv var lige nu. Han havde sin computer og sine opladere, sit ene sæt skiftetøj, som han havde beholdt efter flytterodet, og en deodorant, som han knap nok havde brugt gennem sin tid på kollegieværelset – alene af den grund, at man kunne skjule meget, men sjældent hvor man havde sovet den sidste nat. Resten af hans ejendele var solgt inden afrejse. Noget for at komme hjem. Noget for at give slip. Han havde hørt fortællingen om, at alt over ejendele var unødvendigt. Han ejede ikke halvdelen af det han måtte – der var plads til at vokse i det.

Han tog tunge skridt op ad indkørslen, primært af træthed. Han var spændt i kroppen, primært fra dårlig søvn. Han kunne mærke sveden på sin pande, primært fra den ualmindeligt varme sommer, som havde omfavnet den ellers så flade, kolde og golde jord. Han var afklaret i hovedet, afklaret i sin afmagt af et tankemylder, der var tæt på det eneste, der holdt ham vågen. Han havde ikke talt med dem i lang tid. Det havde været en travl tid med kandidaten, og så meget snakkede de heller ikke sammen. Han havde indtrykket af, at de var stolte af ham, men ikke mere end det. Ikke, at det ikke var nok, men det var, hvad det var.

Han vidste godt, at han blev vurderet på det produkt, han kom hjem med. Det var også deres investering. Han bankede på et par gange. Han kiggede ned på sine sko, som ikke kunne skjule den rejse, han indtil nu havde været på. Så tog han turen langs murerne om til haven, indtil han nåede terrassen, hvor han så sin far i hvad der for enhver familiefar, ville være sit rette element: Ved den store gasgrill, kun begrænset af en bedre halvdel, som også havde større ambitioner for et truet klima, end hvad kul ville gavne. Af samme grund har der ingen tyk røg, som Simon kunne gemme sit ansigt bag.

- *Simon?* udbrød han overrasket, da han løftede sit ansigt, og fik øjenkontakt med sin hjemvendte søn.

- *Far,* lød det lavmeldt, overrasket over reaktionen. De kiggede på hinanden, og talte med øjnene. De var uden ord, men alt blev sagt. Så gav de hinanden et kram, som for dem begge havde været længe ventet. Ikke fordi de ikke havde haft lysten, men fordi det især nu føltes rigtigt. Han råbte på Simons mor, og Simon fik stukket en øl i hånden, inden han fik sat sig i havestolen, som knirkede da han lænede sig tilbage. Simons far sagde ingenting, men det var heller ikke nødvendigt. Isen var blevet brudt. Simons mor kom ud på terrassen, og udbrød en endnu større glæde for sin søns retur, end hvad faren havde gjort få minutter tidligere. Hun sagde ikke ord, men udtrykte sin begejstring gennem lyde, som forsvandt væk i moderlige tårer på sin søns skuldre, mens hun knugede ham og græd, som hun havde ventet år på at gøre; lige siden han tog hjemmefra, og tog turen over Nordsøen for første gang. Hvad hun sagde efterfølgende huskede han ikke, men han huskede tydeligt, hvor rart det føltes.

- *Hvordan går det? Hvornår er du kommet tilbage?* spurgte hans mor, mens hun hældte lunken Chardonnay op i et glas.

- *Her til morgen,* løj han og smilte, mens han tog en bid af den røde steak, der dryppede ned på den slatne købesalat, som havde fået sit eget hjørne nederst på tallerkenen.

- *Det var da imponerende. Er du så færdig nu?* fortsatte hun.

- *Nej, nu har jeg afleveret min opgave, og så har jeg lige nogle uger inden jeg skal tilbage at forsvare den...*

- *Du kan ikke bo her,* afbrød hans far bestemt, inden han tog en slurk af sin pisgule hvidvin. - *Mine børn skal lære at stå på egne ben. Det ved du også godt. Det er ikke fordi, vi ikke vil have dig boende, selvom det bare er nogle uger, men det er simpelthen for at lære dig at løse dine udfordringer på egen hånd.* Simon tyggede af munden og smilte. Endelig havde han et modsvar, som han vidste ville gøre sin far stolt.

- *Det er helt okay. Jeg har faktisk fundet et sted at bo.*

- *Nå, hvorhenne da?* spurgte hans mor overrasket.

- Jeg mødtes med Jakob, inden jeg kom herhen, løj han denne gang delvist. *- Han tager orlov fra Katedralen og har fået mig kørt i stilling til at overtage for ham det næste skoleår. Jeg kan overtage hans lejlighed på St. Peter, mens han er væk. Det er bare et spørgsmål om formalia.* Hans mor lyste op, så meget, at Simon ikke sansede sin fars mistro.

- Det er da fantastisk, fortsatte hun og hældte mere Chardonnay op til dem alle. De skålede, og hun drak langsomt, men med stolthed i sine øjne. Hun satte glasset ned, og kiggede på sin mand, som havde sat sig for at tømme glasset. *- Er det ikke fantastisk?* fortsatte hun, og puffede til ham, så glasset skvulpede.

- Det er da fint, sagde han og tørrede dråberne af sin hvide t-shirt.

- Jeg må sige, Simon, at jeg var en smule nervøs for alt det her engelsk-halløj, og hvad det skulle ende ud med, men at du nu skal være gymnasielærer! Det må jeg sige! Simon smilte og nikkede. Han følte sig varm indeni, selvom han skam forstod, hvad det også var hun sagde.

- Du skal fandeme give den gas, sagde hans far så under sit åndedrag. Han kiggede op, og fik øjenkontakt med ham. Han behøvede ikke at gentage sig selv, for man kunne se på ham, at han mente det. *- Det er en chance, som man ikke bare lige sådan får, og det er en chance, som du med al respekt ikke har de store forudsætninger for at gribe. Du må fandeme love mig, at*

28

du får det bedste ud af det, og uanset hvordan det ser ud om et år, ikke kan kigge tilbage og fortryde, at du ikke gjorde mere for at overbevise dem om dine kvaliteter. Han havde sjældent hørt sin far være så direkte om sådan noget, men det var helt rart til en afveksling.

- *I will make them miss me,* sagde Simon og smilte.

- *You better,* sagde hans far uden en mine. Så var der stille imellem dem. Hans far spiste videre, og hans mor sad og smilte stolt for sig selv. Mobilen i Simons lomme begyndte at vibrere, og han tog den op og kiggede på displayet. Det var ikke et nummer, han umiddelbart havde i toppen af sin erindring, men den engelske landekode indikerede, at det godt kunne være vigtigt.

- *Ingen telefoner mens vi spiser, Simon!* vrissede hun så efter at blive rystet ud af sin egen boble. Han kiggede op på hende. Så satte han mobilen på lydløs, og lod den ringe ud i sin lomme. Hun smilte til ham, og han smilede igen. Mon ikke det godt kunne vente til senere.

5

Der var larmende tomt i lejligheden, mens flyttemændene fjernede møbler. Man kunne ane ekkoet i gangen, som de maste sig ned ad trapperne. Jakob og Tanja stod i køkkenet og diskuterede noget, han kun fangede brudstykker af. I stedet så han sig omkring i den oplyste stue fra solen, der skinnede ind gennem de gardinløse vinduer, og han forsøgte at holde fast i håbet om, at den tomme lejlighed kun forstærkede hans mulighed for at få "en ny start". Jakob havde lovet ham, at der ikke var noget han skulle bekymre sig om, for de havde rigeligt med inventar i København.

Tilsyneladende bare ikke nok. Jakob skulle åbenbart have mere med. Han havde også fornemmet det på Simon, at der ikke helt var overensstemmelse mellem deres forventninger; men "nu havde han jo sparet ham for at skulle skaffe penge til et depositum", så lidt taknemmelighed havde været på sin plads. Han stod og kiggede ud på gaden, da Jakob kom over til ham. Han lænede sig ind over vindueskarmen og kiggede ned mod bymidten.

- Når de skal ned på stationen går de ned her, sagde han og pegede ned ad vejen. *- Der er halvanden kilometer eller sådan noget, så de skynder sig ikke for at nå det. Om sommeren kan man virkelig opleve syn for guder, når de kommer vimsende i deres sommerkjoler.*

Jakob grinte og klappede ham på ryggen. Så vendte han sig om og satte sig op med ryggen mod ruden. - *Du skal bare passe på med, hvad du laver her, når du bor så tæt på. Eleverne skulle nødig se noget forkert, og du vil heller ikke ønske at blive kendt som ham stodderen, som glor på unge damer.* Han rejste sig igen og gik over mod forgangen. Tanja kom ham i møde og så insisterende på ham. Han nikkede og vendte sig om mod Simon igen.

- *Vi smutter nu,* sagde han og rakte armene ud, mens han gik imod Simon. Så gav de hinanden et kram.

- *Giv lige lyd hvis du får brug for hjælp til noget,* sagde Jakob og gav slip på ham. Simon nikkede. - *Det er ikke sikkert, at jeg tager den første gang, men så prøver du bare igen. Jeg vil også gerne følge lidt med i, hvad der sker med mine unger.* Han smilte til ham med et glimt i øjet. Tanja sagde farvel, og de gik. Simon vinkede forsigtigt, mens de forlod rummet, og efterlod ham med sig selv og sine tanker. Så stod han der. I det selskab han efterhånden var blevet så vant til. Så ringede telefonen igen. Han sansede det ikke til at starte med, men til sidst gik det op for ham, og han tog mobiltelefonen op af lommen og kiggede på den. Det var det samme nummer som hos hans forældre. Han nåede bare ikke at tage den, inden det var for sent.

6

Der var en lugt af brændt kaffe. Det var som hans
forestilling om personalerummet på Borgerservice. Det
var den stik modsatte lugt af hospital. Der var intet der
føltes rent, og alt det som gik under stanken af kaffe
var ren angst og desperation. Det var i hvert fald det
han bildte sig selv ind, som han stod i indgangen til
lærerværelset, og med det samme følte alles øjne rette
sig mod ham. Al form for smalltalk var rettet mod - og
om ham. Han blev langsomt mødt af smil, da han tog
de første angstprovokerende skridt ind i lokalet, men da
han først havde fået øjenkontakt med "Brillen", virkede
det hele en smule mere trygt for ham. I det mindste var
der et ansigt, han havde set før. "Brillen" gik ham i
møde, og gav ham et fast og bestemt håndtryk, som
han brugte til at rykke Simon ind imod ham. Han tog
fat om den anden arm og klemte den.

- *Så kunne du være her,* sagde han og smilte til ham.
Simon forsøgte at smile igen, men så nervøst rundt på
de andre, som iagttagede ham i "Brillens" jerngreb.
Endelig gav han slip. - *Alle sammen,* sagde han højlydt,
mens han kiggede rundt i lokalet for at sikre sig resten
af lærerstabens opmærksomhed. - *Vores nye "Jakob" er
ankommet, så nu kan vi endelig komme i gang.* De fik
sat sig ned, og da den vibrerende summen til sidst
havde lagt sig, tog "Brillen" igen ordet: - *Ja, velkommen*

til, kære alle sammen. Velkommen til et nyt skoleår. Det er dejligt at se så mange spændte ansigter. Jeg kan allerede fornemme forventningens glæde og se ilden i øjnene på jer. Det er lige præcis den her stemning, som jeg glæder mig over på dagen for hver eneste skoleårsbegyndelse. Det er nu, vi officielt starter. Det er nu, det igen bliver alvor. Vi har et nyt spændende skoleår foran os. Vi har nogle dygtige elever, vi skal have afsluttet. Vi har nogle friske ansigter, vi skal have lært at kende... Han så rundt på de andre, som balancerede mellem forsigtige smil og alvorlige miner. Det var svært at finde en grimasse, som passede til hans konstante skift mellem bamsefar og bjørnetjeneste. Man vidste ikke, om han var en venlig sjæl eller sjælløs. Om han gik ind for "work hard, play hard" eller "arbeit macht frei". - *Som jeg kort fik præsenteret, så har vi et nyt ansigt iblandt os: Simon,* sagde han, og pegede åbent mod Simon, som sad for enden af bordet isoleret for sig selv. Simon nikkede til "Brillen" og kiggede rundt på de andre, mens han forsøgte at sende et overbevisende smil mod dem. Han varmede sig på dem, han fik tilbage.

- *Simon overtager for Jakob i det kommende skoleår, mens Jakob jagter den falske kærlighed i København. Vi ved jo alle godt, at hans ægte kærlighed er her på Katedralen, men det indser han nok snart.* Der spredte sig en mere løsreven stemning med de spredte grin, som Simon ikke kunne afkode, var ironiske eller reelle. Alligevel tog han sig i at grine forsigtigt med på "Brillens" vittighed. - *Simon har en kandidat i engelsk fra universitetet i Bristol, men har aldrig undervist, så han kommer med en god kombination af faglighed og friske øjne, som vores stærke, sproglige team kan udnytte i det kommende skoleår.* Han fik en vævende afstemt velkomst af de andre, og han nikkede anerkendende tilbage. Det føltes som om han havde narret dem alle sammen. Nu var det officielt. Han var rent faktisk en del af dem. "Brillen" fortsatte sin enetale, mens han gennemgik programmet, og Simon forsøgte at høre efter, mens han tog mentale billeder af ansigter og navneskilte. Det var en broget flok af individer, han var omringet af. Der var ligeligt fordelt mellem mænd og kvinder, men med en stor spændvidde mellem ung og gammel. Der var noget særligt over profilen i lokalet. Han havde aldrig tænkt på Jakob som værende noget specielt, selvom han på en måde altid havde set op til ham. Alligevel gik det op for ham, at det rent faktisk måske krævede noget særligt at sidde, hvor han gjorde nu. Isoleret ville man på hver enkelt person i rummet have en forventning om, at de var noget, som ikke mange andre var. Det gjorde ham utryg. Han følte sig nemlig ikke som noget særligt. Der gik en time før "Brillen" lukkede fællesmødet for en stund, og i stedet gav de forskellige fagteams mulighed for at arbejde.

- *Og du går med Thor og Alvina,* sagde han uden yderligere instruks, og Simon kiggede panisk rundt for at finde nogle øjne, som virkede til at ville ham. De første øjne han så ind i føltes på ingen måde, som det han søgte. Han havde korte og sølvgrå skægstubbe, som sad pletvist rundt i hans ansigt. Han havde en skinnede hestehale i samme farve, som var stramt bundet op og hang ned midt på ryggen ad ham. Det var som om, at han havde revet tindingerne op på toppen af hovedet for at gøre hestehalen længere. Han rejste sig op og vendte kroppen til siden for Simon. Han var et lavt menneske, også af kropsbygning. Han havde et hult fuglebryst, som skubbede hans overkrop frem, men hans røv tilbage. Han virkede som en ond håndlanger i en oldgammel tegnefilm. Han virkede ussel. Modbydeligt ussel. De næste øjne han fik øjenkontakt med, var det diametralt modsatte af "Hestehalen". Hun havde blå øjne, der var fine som marmor. Hun havde brune krøller og sorte briller, og en rosagylden næsering i det venstre næsebor. Hun havde dybe smilelinjer, som perfekt indrammede de fine, papirstynde, lyserøde læber, som smilte til ham. Hun stod overfor ham og varmede ham med sin tilstedeværelse.

- *Du skal med os,* sagde hun og smilte til ham. Han smilte tilbage.

- *Os?* spurgte han forsigtigt. Hun vendte sig om og

rettede blikket mod Hestehalen.

- *Ja, du er sammen med Thor og mig,* svarede hun. Hun sansede ikke frygten i Simons øjne. Han forsøgte at skjule den samme frygt med hvert eneste skridt som Hestehalen tog imod dem, og han smilte til kvinden, inden det samme smil falmede, da han så Simon i øjnene.

- *Skal vi se om vi kan finde et lokale?* spurgte Hestehalen med en tyk, sjællandsk accent. Som om det var en form for valuta. Kvinden nikkede, og Simon rejste sig forsigtigt op.

- *Thor,* sagde Hestehalen tørt og gav ham hånden.

- *Simon. Dejligt at møde dig,* svarede Simon vævende tilbage. Hestehalen kiggede nærmest fornærmet tilbage på ham. Som om han overhovedet kunne tillade sig at udtale sig om sådan noget fra førstehåndsindtrykket.

- *Ej, undskyld,* sagde kvinden en smule forlegent og forsøgte at skjule sin rødmen ved at vende hovedet.

- *Jeg hedder Alvina.* Simon nikkede smilende til hende.

- *Skal vi finde et lokale?* gentog Hestehalen utålmodigt, og vendte ryggen til dem for målrettet at gå imod udgangen. Alvina rullede øjnene.

- *Du skal ikke tage dig af Thor,* sagde hun og udåndede et opgivende suk. - *Han kan faktisk godt være meget flink når først du lærer ham at kende. Han skal bare have tid til at vænne sig til forandringer.*

- *Det skal vi alle sammen* sagde Simon og smilte til

36

hende. Det opgivende suk blev forvandlet til et forsigtigt, skævt smil.

- *Skal vi gå?* spurgte hun så. Simon nikkede.

Det var som om hans blege hud glinsede i lyset fra hans computerskærm, en af de eneste lyskilder i det lille mødelokale. Der var ikke plads til meget mere end det ovale bord de sad ved, og så vandautomaten der brummede ovre ved døren. Der hang også en skærm på væggen bag Simon, men om den overhovedet kunne bruges, var han i tvivl om, da han lænede sig tilbage og fik de løse ledninger i nakken.

- *Hvor meget er du blevet sat ind i tingene?* spurgte Hestehalen, mens øjnene fortsat flakkede rundt mellem tingene på hans computerskærm.

- *Det er nok ikke så meget,* sagde Simon og forsøgte at få øjenkontakt med ham. - *Altså, jeg ved jo, at jeg skal overtage Jakobs klasse, og...*

- *Klasse?* afbrød Hestehalen og kiggede op fra sin skærm. - *Du mener vel klasser, som i flertal, ikke?* Simon kiggede uforstående på ham.

- *Nej, altså... Så vidt jeg er blevet informeret, så skal jeg overtage Jakobs klasse i 2. G.* Hestehalen skubbede sig opgivende væk fra bordet og rejste sig, mens han fnysende mumlede hvad der kunne afkodes som skældsord mod himlen.

- *Simon, jeg tror der er noget der skal præciseres en smule,* sagde Alvina. - *På anden årgang har vi tre*

engelskklasser. Jakob har to af dem, mens Thor har den
tredje. Vi har et lavniveau, et middelniveau og et
højniveau, hvor Thor underviser det højeste niveau.

- *Og de kan på ingen måder sammenlignes!* udbrød
Thor og vendte sig om mod bordet. - *Højniveauet har de*
skarpeste hjerner og vores dygtige
udvekslingsstuderende. Middelniveauet spænder bredt,
og du får de dygtige og de virkelig dygtige. Det kræver et
godt overblik for at ramme dem alle på deres individuelle
niveau. Og så er der lavniveauet, som er en hønsegård
og en snakkeklub, hvor du skal have en rolig hånd og
tålmodighed for at få noget som helst igennem.

- *Hvad mener du med det sidste?* spurgte Simon.

- *Vores lavniveau består mest af piger,* uddybede Alvina,
mens hun kiggede over på Thor. - *Der er helt sikkert*
også nogle dygtige elever på holdet, men det er nogle
helt andre ting der er fokus på dernede, hvis du
sammenligner med de andre. Selvfølgelig skal de også
igennem et pensum ligesom de andre, men det kommer
til at tage længere tid at komme igennem tingene med
dem, og de har ikke den samme arbejdsmoral eller
samme faglige fokus, som de andre klasser har.

- *Og så kan det godt være, at du har overtaget Jakobs*
stilling, fortsatte Thor. - *Men du kan lige vove på at*
undervise klasserne, som Jakob har gjort det!

- *Hvad mener du med det?* spurgte Simon nysgerrigt og
forsøgte at fastholde den intimiderende øjenkontakt

med Hestehalen, som han havde kæmpet så hårdt for at etablere.

- *Jakob har ét pensum! ÉT! Hvad ligner det? Hvor er den professionelle stolthed? Man kan ikke udvikle en 2'er og 12'er med det samme materiale!*

- *Det er jo heller ikke helt det han gør,* sagde Alvina som en indskudt bemærkning, som nær var skudt over mål.

- *Pensum er det samme, men arbejdet er jo ikke. De bearbejder teksterne forskelligt og laver vidt forskellige opgaver.* Han så forurettet på hende, men hun var ikke til at slå ud af kurs. Simon iagttagede hende, og først da Hestehalen havde givet op og nu forsøgte at stirre Simon ned under bordet, røg han igen ud af kurs og vendte blikket mod ham. Det holdt et splitsekund inden han mærkede mobilen vibrere i lommen på ham. Han rakte ned efter den, men stoppede i Hestehalens utilfredse prusten over at blive sat på hold. Så kiggede Simon op på ham.

- *Glem alt hvad du troede du vidste, da du selv gik i skole. Det her er ikke en børnehave. De æder dig, hvis ikke du giver dem, hvad de vil have. De ér allerede nogen. Du skal hjælpe dem med at blive til noget.*

7

Han havde øvet sig hele natten. Ikke fordi han ikke var forberedt på hvad der skulle ske i timen, men fordi han havde udspillet hvert eneste mulige scenarie for sig igen og igen, for at berolige sig selv mest muligt for hvad end der kunne ske i det sekund, han trådte ind i klasselokalet til sin første undervisning. Han havde øvet hvert et oplæg, hver en præsentation, hver en uddybning, respons, han havde endda øvet sig på måden han skulle sige "tak for i dag", inden de ville forlade klasselokalet. Han havde ikke bare en plan b, men også en plan c klar, hvis han havde forberedt for lidt. Alt hvad han overhovedet kunne forberede, havde han gjort klar. Han havde bare ikke forberedt sig på tanken om, at al hans forberedelse kunne gå tabt, når han stod ansigt til ansigt med alt det, man ikke kunne forberede sig på.

For ham var larmen en summen af forventningens glæde. Det var lige indtil han trådte ind i rummet og indså, at det kun var ham, der havde det sådan. Larmen aftog som Simon indtog lokalet, og langsomt fik de sat sig på deres pladser, inden Simon fik stillet sin computer på katederet. Han kiggede rundt i lokalet for igen at finde et smil, men der var ikke mange af dem i syne.

- *Er det dig der skal undervise os i stedet for Jakob?*

spurgte en dreng, inden Simon havde nået at sige et ord.

- *Ja, det er mig,* svarede Simon og forsøgte at sende ham et forsigtigt smil. Drengen kiggede skuffet tilbage.

- *Jeg hedder Simon. Jeg er jeres nye underviser. Jeg har de seneste år boet i England, mens jeg har læst en kandidat i engelsk litteratur...*

- *Har du undervist før?* afbrød drengen igen, nærmest irettesættende overfor ham.

- *Nej,* tøvede Simon efter en tid. Drengen rullede øjne af ham, og satte sig længere tilbage i sin stol med korslagte arme. Simon kiggede rundt på klassen, som modsat drengen ikke virkede til at være synderligt interesseret i deres nye underviser.

- *Jeg har taget en prøve med i dag, bare for lige at se hvor vi er henne,* forsøgte Simon igen, og fandt en stak papirer frem fra sin taske. Han gik rundt mellem bordene og lagde dem forsigtigt med bagsiden opad. - *Jeg skal nok sige til når I må vende papiret.* Han lagde den sidste opgave hos en fyr, som havde smidt sin ugidelige krop over bordet, måske i protest, måske i dovenskab og ligegyldighed. Så gik Simon tilbage til katederet. - *Når I vender papiret om, vil jeg gerne have jer til at beskrive indholdet. Det er op til jer, hvordan I vælger at gøre det, men vigtigst er det, at I fortæller mig, hvad det er I ser. Nu må I vende det.* Simon kiggede forventningsfuldt på ansigterne, som langsomt vendte papirerne foran dem, og forsøgte spændt at aflæse deres ansigtsudtryk, da de fik øje på den sorte plet midt på papiret. Der var ikke andet til dem, andet end det mørke hul omfavnet af den skrigende, tomme ramme af hvidt papir, og en nøje planlagt monolog for at rammesætte den opgave, som han selv mente var genial. De satte i gang. Langsomt begyndte de at fylde det hvide lærred med ord om den sorte plet, og mens Simon fornøjet satte sig tilbage på sin stol, havde han ikke sanset den utilfredse dreng krølle opgaven sammen og sende et projektil af en papirkugle igennem lokalet. Simon vågnede op som kuglen strejfede hans hår, men før han havde sagt et ord havde drengen allerede rejst sig op.

- *Jeg har løst den!* råbte han ud i lokalet og slog armene ud. - *Den sorte prik er dit talent, og det hvide er al den tomhed, der skriger om hvor lidt du har at tilbyde os! Der er INGENTING!* Han fortsatte over mod døren, mens Simon chokeret så til på drengens marcherende skridt.

- *Hvad hedder du?* spurgte Simon. Drengen vendte sig om.

- *Jeg hedder Filip; og det siger alt om din inkompetence, at du ikke ved hvem jeg er.* Så forlod han lokalet, og smækkede døren med et brag.

De afleverede deres opgaver en efter en mens de forlod lokalet. Til sidst sad der drengen, som Simon var i tvivl om havde sovet timen ud, tilbage bagerst i lokalet.

- *Vil du også aflevere?* spurgte Simon.

- *Jeg orker bare ikke til at rejse mig,* svarede drengen, og udsendte et langsomt suk. Endelig fik han rejst sig op, og trukket sin slentrende krop op til bordet. - *Jeg har tegnet en edderkop,* sagde han og gav Simon sin tegning. - *God opgave. Jeg hader at skulle skrive en hel masse.* Simon smilede, og så ned på tegningen af edderkoppen. Han havde brugt den sorte prik som krop, og givet den et hoved og otte lange og behårede ben. Ud fra edderkoppen havde han tegnet et mønster af streger, som et net ud over papiret. Simon så op på ham.

- *Du er god til at tegne. Hvad hedder du?*

- *Markus.*

- *Hej Markus. Hvorfor lige en edderkop?*

- *Du ved... Edderkopper er seje. De laver store net og fanger deres bytte i dem; og så var det nemt at lave ud fra prikken.* Simon smilede igen. Så nikkede Markus til ham og forlod lokalet. Så var der tomt. Larmende stille som en kirkegård, hvor man kunne mindes dem, der var engang. Til forskel for de, hvis tanker man sendte, var Simon stadig i live. Så ringende mobilen igen i hans lomme. Han tog den op og satte den op til øret.

- *Hej Simon. Vi har prøvet at kontakte dig. Din opgave er ikke blevet godkendt.* Simon blev stille. Han forsøgte at lytte, men hørte ikke længere efter.

8

Han havde ikke noget imod at genbruge ting, så længe der var tale om genialiteter. Det kunne aldrig blive venstrehåndsarbejde eller dovenskab, at gentage succeser og gøre det han vidste virkede. Ved første øjekast lignede det også en gentagelse af den første undervisning i den anden klasse, men omvendt reaktionen på hans indtræden fra tidligere fortsatte støjen, som han bevægede sig ind i lokalet. Han satte sin taske på bordet, nærmest ubemærket, og efter at have iagttaget eleverne som vilde dyr på savannen, hævede han sin stemme og hilste på. Eleverne drejede hovederne og kiggede på ham, som var han en krybskytte, der havde affyret sit første skud, men da de så at det var løst krudt, fortsatte jungletrommerne med at spille. Nogle fik sat sig, og langsomt havde livet på savannen udviklet sig til den påstående hønsegård, hvor en flok piger ufortrødent fortsatte deres snak, som om intet var hændt. Et nyt skud blev affyret, og pigerne søgte i ly ved deres borde. Simon præsenterede sig selv igen, men kun ved navn. Han kunne have sagt hvad som helst, for det var tvivlsomt, hvor mange der rent faktisk lyttede til ham, og ikke lyttede til deres hjertebanken, som hamrede afsted i panisk frygt over den fremmede mand, som lige havde skældt ud. Han udleverede papirerne, og skulle til at sætte opgaven i gang, da facaden blev slået i stykker i takt med døren, der gik op med lyset strømmende ind i lokalet:

Hun skinnede ligesom vintersol, og bevægede sig som sommerregn, dansende ned mellem de levende døde og satte sig på sin plads.

- *Hvad?* sagde hun, som var hendes stemme bittersød musik. Skingert, men hæst på samme tid. Hun kiggede ham i øjnene, som om det var ham der havde gjort noget forkert. Han kom selv i tvivl og så over på væguret, der var stoppet med at slå i takt med hendes entré. Det måtte være fem minutter foran. Han følte han var kommet fem minutter for sent. Hun var vant til det. Hun skyndte sig, det hun kunne. Skyndte sig langsomt. Det var som om hun var der, og så alligevel. Hun var defineret som udefinerbar. Kategoriseret som uden for kategori, og alle de ord som fløj rundt i hans hoved, dem han jagtede for at beskrive hende, de forsvandt som han havde hentet dem ned. De udlignede alle hinanden. Hun var så meget, og alligevel så lidt. Simon ledte febrilsk efter ordene, men savannen, som var blevet til Sahara, havde flyttet ind i munden på ham i stedet. - *Skal vi lave opgaven?* spurgte pigen, og Simon nikkede.

- *Ja, det skal I. I skal vende papiret nu, og så vil jeg gerne have jer til at beskrive alt det I ser.* Da tiden var gået, lagde de opgaven fra sig og kiggede op på Simon, som havde placeret sig foran katederet.

- Nu tænker I sikkert: "Hvorfor skulle vi lave sådan en mærkelig opgave?". En hånd steg til vejrs som et missil, og Simon pegede på pigen.

- Er det ikke fordi, alting kun er sådan, som øjnene der ser det? At den sorte prik betyder noget særligt, for den som kigger på den?

- Fint bud. Det kunne man godt argumentere for, men det er faktisk... En ny hånd kom op i luften, og Simon så ned på "Vintersolen", som uimponeret afventede at få lov at svare mens hun tyggede på sit tyggegummi.

- Det handler ikke om prikken, men alt det der er udenom. Vi har som mennesker en tendens til at fokusere på fejlene, og selvom det er en lille prik, en så lille ting der er uperfekt, så kan den fjerne vores fokus fra alle de muligheder, som er rundt på papiret. Der er så meget plads til at skabe udenom fejlen, men det kan være svært at gøre, når vi sidder fast i pletten. Simon var bogstaveligt talt tom for ord. De eneste ord der var tilbage, var stemmen i hans hoved, der mindede ham om, at han var en omvandrende løgn, og han måske i virkeligheden ikke havde noget at tilbyde dem.

- Hvad hedder du? spurgte han forsigtigt.

- Jeg hedder Freja, svarede hun. Han kunne ikke tyde, om hun så på ham, eller så direkte igennem ham.

- Du har ret, Freja. Hvordan har du så beskrevet den?

- Jeg har tegnet en blomst.

- Godt tænkt. Man kan måske ligefrem sige, at du på

*trods af fejlen har plantet et lille frø, der kan vokse sig
stort?*

- *Hvis det gør dig glad.* Simon smilede. Så kiggede han
ned i gulvet og grinte for sig selv.

- *Tak for en perfekt løsning,* sagde han så og fortsatte
om på den anden side af katederet.

- *Jeg har lavet mere,* sagde Freja, og Simon vendte sig
om mod hende. - *En ting er at kunne se ud over sine fejl.
Noget andet er, på trods af fejlene, at kunne starte på en
frisk.* Hun vendte papiret om, og smilet på Simons
læber forsvandt.

Han var ved at pakke sin taske, da Alvina kom over til
ham. Han så op og mødte hendes lysende øjne.

- *Hva' så? Hvordan er din første uge gået?* spurgte hun
smilende.

- *Den er vel gået fint,* svarede han og rettede sig op
mens han svingede tasken om på ryggen.

- *Jeg har hørt om en opgave med en sort plet, som der er
nogle elever der har taget virkeligt godt imod.*

- *Hvem har nævnt det?*

- *Ja, blandt andre Matilde og Freja.*

- *Matilde?*

- *Ja, hende som du ikke var helt enig med; i hvert fald
ikke som Freja.*

- *Nå... Ja, men det er rigtigt, den klasse tog godt imod
den.*

- *Den anden gjorde ikke, det ved jeg godt, men det er*

også helt okay. Børn er forskellige, de vil forskellige ting,
og den anden klasse er helt sikkert en utaknemmelig
størrelse at komme ind til, når de har været så glade for
Jakob. Simon udtrykte et skævt smil og løftede på
skuldrene. - *Hvis du har lyst, så kan vi i næste uge*
sætte os ned og kigge på undervisning. Det er nok rart at
have nogen at spare med en gang imellem? Simon
nikkede og takkede hende under sit åndedræt.

9

Hun hed Abildgaard-Amundsen til efternavn. Den type
navn forekom ikke særligt ofte, og sammensætningen
sagde måske i virkeligheden mere om forældrene, end
den gjorde om Freja. Man kunne læse meget ud fra et
navn. Nogle navne var skabt til noget større. Det
handlede ikke så meget om statistikken, for selvfølgelig
var der flere gange Jensen eller Hansen end sådan et
dobbelt-a-navn; Det havde noget pondus, det navn.
Freja Abildgaard-Amundsen.

Hun havde lyst hår der gik hende til skuldrene. Det
lignede at hun havde klippet det selv, men med fuldt
overlæg. Som om hun vidste, hvad hun lavede. Nogle
mennesker udviser selvsikkerhed, men kun de som
udviser ro, er i stand til at hvile i sig selv. Det er hos
dem, hvor man ikke bare kan se ilden i deres øjne, men
også mærke varmen. De, som er i stand til at agere
iskoldt, men være brandvarme. Hendes mund var
indrammet af smalle fordybninger i form af smilelinjer,
så man vidste hvor man skulle se hen når hun
snakkede. Det kunne være svært ikke at forvilde sig
selv væk i hendes øjne. Man følte sig nærmest
klaustrofobisk når man så på hende. Man havde intet
begreb om hvordan man skulle håndtere alle de tanker,
som opstod og stod i kø i ens tankemylder. I stedet blev
tankerne til tankestreger. De som opstår og forsvinder

igen for altid. Lidt på samme måde som når man så på hende. Den mikroskopiske chance man bildte sig selv ind man havde hos én som hende.

Hun havde 419 venner på Facebook. Hun lagde sjældent noget op. Det eneste der indrammede hendes sociale aktivitet, var de flere likes på profilbilledet end der var venner til at opfylde, og et coverbillede af en grynet solnedgang, som var det taget med polaroid-kamera uden flash. Væggen var fyldt med fødselsdagslykønskninger og billeder fra bylivet, hvor hun mest af alt lignede en poster-model som var photoshoppet ind i rammen. De holdt om hende, hun holdt ikke om dem. Hun arbejdede på et diskotek nede i midtbyen, men det var ikke til at sige, om hun var bartender eller garderobepige. Man kunne mistænke dem for at have ansat hende som blikfang, men piger som hende; naboens datter - skulle man ikke tage fejl af. Uskyldighed var den værste facade.

Der var ingen tvivl om, at hun også havde ben i næsen. Det kunne hendes sociale medier ikke skjule for beskueren. På Instagram var historien en anden. Foruden de 1.200 følgere var profilen klistret op fra ende til anden af modelværdige billeder i alt fra hverdagstøj, festkjoler og de nærmest påmalede bikinier, som var det taget ud af en bodypaintkonkurrence. På samme måde kunne man forestille sig, at de mandlige følgere som dominerede hendes side, havde klister på mobilskærmene, men af en helt anden grund. Hun kunne sikkert tjene styrtende på OnlyFans, men var ikke en slave af pengenes magt.

Hun boede ude i et villakvarter i udkanten af byen, det nye der var gemt væk bag træerne modsat for industrikvarteret. I stedet for at dreje ind mod boldbanerne når man kom inde fra byen, kunne man fortsætte længere ud og tage de snoede veje med søen som panorama og mærke suset fra vinden, der piblede ud mellem bymurene fra de hvide kasser af nystøbt beton.

10

Da timen sluttede, endeligt om man ville, havde ikke
alle elever den samme trang til at forlade lokalet i hast,
som Simon selv havde. Det var den sædvanlige
pigegruppe, som altid skulle afslutte deres "Ø-råd",
inden timen kunne begynde, og langsomt havde ønsket
om, at nogen rent faktisk ville blive stemt hjem printet
sig fast i Simons tanker. Nu ventede han nærmest på,
at de skulle blive færdige, så han kunne få lov at
afslutte, selvom det ikke var en nødvendighed. På trods
af udmattelsen var tanken om den tomme lejlighed
mindst lige så overskudsædende på ham, at han
besluttede sig for at pakke tasken lidt langsommere,
end han normalt gjorde; bare i håbet om en smule
samhørighed og følelse af at være en del af et
fællesskab.

- *Vi starter hjemme hos Freja, ikke?* sagde Matilde.
- *Jo, mine forældre skal ud til nogle venner i aften, så
det er ikke noget problem,* bekræftede Freja.
- *"Tema" i aften?* spurgte en brunette, han kun havde
hørt navnet på en enkelt gang på klassen.
- *Jeg tænker, at vi starter på Bryggeriet og får nogle
glas, og så kan vi se hvor der er mest gang i den,*
bestemte Freja for gruppen. Stederne virkede bekendte
for Simon, men mere af navn end noget andet. Det
krævede under alle omstændigheder noget forberedelse.

Han var nok kommet i god tid. Sådan føltes det i hvert fald, da han havde sat sig og ladet ekkoet runge ud i det pinligt tomme lokale. Han følte sig som en festivalgæst, der havde ligget udenfor i en sovepose flere dage i forvejen, men var bare desperat på en torsdag, og det var kun et lille kvarters penge efter åbning. Han bestilte en øl, tilfældigt udvalgt på det bedste navn i den lave prisklasse, men uden at vælge det absolut billigste. Han havde forelsket sig i en "Helsinki" fra tiden i Bristol, men som kun blev nydt, når pengene var gode eller han ikke var fuld. Så meget selvkontrol havde han alligevel. Mere ville have mere, og der var prisen afgørende. Han var absolut ikke tilhænger af IPA'en. Det var opreklameret, på samme måde som Heineken var en tøseøl, der levede på sin markedsføring og reklamerne under halvlegen i kampene i Champions League. Så sad han der, og forsøgte at nyde stilheden, når ikke baggrundsstøjen fra de ansattes ligegyldige diskussioner blev for høj. Han brød sig ikke om smalltalk, når han var på bar. Han havde intet imod opmærksomheden, og var glad for at nogen ville spørge ind til ham. Desværre var det bare sjældent oprigtigt, og han havde lært af de mange timer i pubberne i Bristol, at det i sidste ende kun handlede om én ting: Drikkepenge. Det lærte de også om ham. Tale er sølv, tavshed er guld.

Han havde ikke holdt tælling, men han var i hvert fald ikke fuld. Det havde han ikke indrømmet overfor sig selv i lang tid. Ikke siden han havde stjålet sprut fra sin fars barskab, og han havde haft det øjeblik, som alle har haft på et eller andet tidspunkt i deres liv: Det øjeblik, hvor man ser sig selv i spejlet efter et toiletbesøg, med en alt for høj promille og tænker: "Hold kæft, hvor er du fuld". Han var stadig i stand til at smage forskel, men nu var navnene også begyndt at bidrage til smagen af hvert glas. På et tidspunkt skulle stregen i sandet trækkes, og nok skulle være nok. Han rejste sig for et sidste toiletbesøg inden hjemrejse, men han havde knap nok vendt sig før døren gik op, og fire genkendelige piger trådte ind i lokalet. I stedet stod han stille, med fødderne fastlåst til gulvet, solidt plantet på sin plads. Der stod han uden at sanse bartenderen bag ham prøve at komme i kontakt med ham.

- *Smutter du nu?* spurgte han og pegede ned på ølglasset.

- *Nej, du må gerne holde min plads,* svarede Simon og rystede på hovedet. Han gik på toilet for at samle op på sig selv. De havde ikke set ham, men det var svært for ham at overbevise sig selv om, at han havde set nok. Han tog vand i hovedet og rensede sig selv for forkerte tanker. Så tog han en dyb indånding og gik ud igen.

De sad i hjørnet af baren, og blev de opmærksomme på hinanden, var det kun et spørgsmål om tid, før de fik

54

øjenkontakt. Det ville han for alt i verden undgå. Han ville bare gerne sidde og iagttage dem. Tage små mentale noter og tegne skitser med neglene i bordpladen. Drikke sin øl som sad han og så en fodboldkamp. Det var smukkere end Barcelona. Sansede han de kiggede i hans retning, drejede han hovedet, så ned i bordpladen og talte i sit eget hoved, indtil han følte, det var sikkert igen. Så drejede han langsomt kroppen frem mod bordet igen, og lod sin tommelfinger køre rundt i kanten af glasset, mens han forsøgte at presse sig selv til et forsigtigt smil. Derefter kiggede han over på dem igen. Han sad og betragtede dem, til det øjeblik hvor tiden stod stille. Han sad bare og kiggede på dem. På hende. Uden en tanke. Uden et åndedrag. Han så bare på dem. Betaget af dem. Indtil hun kiggede op og så ham i øjnene. Mon ikke hun havde mærket det allerede. Sanset det for længst. Han kiggede ned, men kiggede op igen og vendte tilbage til øjenkontakten, som han havde tabt på forhånd. Hun var konsistent. Hun forblev i hans synsfelt. Hun smilte måske til ham, men han kunne ikke læse, hvad det betød. Han kiggede ned igen, prøvede at finde sit spejlbillede i skummet i sit glas, men det var umuligt. Det var en spejling af situationen. Han drak og træk vejret samtidig, bare for at holde sig i live. Han kunne ikke følge med hjerteslaget alligevel. Så stillede han glasset.

Han havde ikke set de andre forlade deres plads. Han havde ikke forstået, hvad der var sket, inden hun sad ved siden af ham.

- *Hej,* sagde hun selvsikkert, som om hun allerede havde besluttet, at det var ham, som ikke burde være her.

- *Hej,* sagde han forsigtigt, nervøs for hvad der ville ske.

- *Hvad drikker du?* spurgte hun.

- *Jeg ved det faktisk ikke. Jeg skal lige vænne mig til danske øl igen. Jeg savner de øl, jeg kunne få, da jeg boede i England.*

- *Har du en favorit?*

- *Den hedder "Helsinki",* sagde han. - *Ved du hvad en finsk sauna er?* Hun rystede på hovedet. - *Det er en sauna på 100-120 grader, men med en fugtighed på maks. 25 %, så du rigtig kan få lov til at nyde varmen. Den smager som fem nøgne, midaldrende mænd i en finsk sauna - bare at du selv må bestemme, hvordan de ser ud.* Hun grinte. Han havde svært ved at forstå det, men det bekymrede ham ikke. Smilet spredte sig på hans læber.

- *Må jeg smage den, du har der?* spurgte hun. Han nåede ikke at sige noget, før hun havde taget fat om glasset og ført det op til sine læber. Han så på hendes læber, der omfavnede glassets kant, og bemærkede ikke hende kigge på ham, før han så hende i øjnene og forsvandt væk i hendes intense blik. Lyden i rummet forsvandt, og den eneste lyd der fyldte noget, var når hun langsomt sank, og tog ham med ned i dybet. Så stillede hun glasset igen og så på ham. Han sagde ingenting. - *Den er god,* sagde hun og smilte. Han havde glemt, hvad de snakkede om. - *Jeg vidste ikke, at lærere tog i byen på en torsdag. Skal du ikke undervise os i morgen?*

- *Jo,* tøvede han. - *Men jeg skal også snart hjem. Jeg skal jo bare være marginalt mere forberedt end I er, og så kan det ikke gå helt galt.*

- *Så har vi travlt.*

- *Hvorfor siger du det?*

- *Dine øjne siger mig, at du har besøgt andre steder i aften, i din jagt tilbage til Helsinki.* Smilet på hans læber forsvandt. Hun så direkte igennem ham.

- *Hvad mener du?* spurgte han forsigtigt. Så brød hun ud i latter og slog ham på skulderen.

- *Jeg laver bare sjov! Men jeg kunne godt drikke mere af den der.* Han tog fat om glasset og tog endnu en slurk, fra det samme sted som hun havde haft sine læber tidligere, snedigt og sørgeligt på samme tid. Han skubbede glasset over mod hende og rejste sig.

- *Du kan få resten,* sagde han og tog fat i sin jakke. - *Lad det nu ikke blive for sent. I har undervisning i morgen tidlig.*

11

- Han er svær. Han er typen man enten elsker eller hader, og man hader at man elsker ham, eller også elsker man, at man hader ham. Det bedste du kan gøre, er at give ham ret og ellers bare holde kæft. Sådan er det med dumme mennesker. De forstår ikke hvor dumme de er. Han lød som om, han havde samme opfattelse af Hestehalen. Han tog ikke Jakobs ord for noget særligt. Han var bare glad for at tale med ham igen. *- Du skal bare huske på, at han kun har kontrol over sin egen klasse. Du har dine, og dem skal han ikke have indflydelse på, uanset hvor stor han fortæller hans pik er, fordi han vil styre alt og alle, som var han kongen over Katedralen. Han er en nobody. Har du ikke lagt mærke til de høje tindinger og den latterlige hestehale? Han er blevet bortført af rumvæsner og bollet så godt bagfra, at de har revet håret om på ryggen af ham, og så er han blevet sendt tilbage til Jorden og har mistet al form for realitetssans.* Simon kunne ikke holde grinet tilbage længere. *- Jeg er glad for, at Alvina har taget godt imod dig. Hun er min skytsengel; alles, når man arbejder med Thor til dagligt. Hun er bare skøn. Du skal bare ikke lade dig snyde af hende, men sådan er det med alle kvinder. Nok ser de søde ud, men de er også små djævle.*

- Hun virker ellers meget oprigtig? sagde Simon.

- Det er hun sgu da også, men hun er jo stadig et
menneske. Har du aldrig set en smuk kvinde og spurgt
dig selv, hvordan hun overhovedet kan være single? Det
er fordi der altid vil være en mand, der er træt af hendes
pis. Alvina er farligere. Hun er ikke bare et pænt ansigt,
men også en sød pige, hjælpsom, sjov, du ved... Hele
pakken. Og så knalder hun godt.

- Har du været sammen med Alvina?

- Ja, for helvede mand! Et af de bedste knald i mit liv.
Endnu en ting om kvinder, Simon: De som ser sødest ud,
er også altid de vildeste i sengen. Han sagde ingenting.
Det var ikke en information, han havde behøvet.

- Hvad er dit indtryk af klassen?

- Det er vel okay. Det er svært at sige så tidligt, men det
skal nok blive godt.

- De er skønne, men lad dem nu ikke tage røven på dig.
Sådan er teenagere. De har ingen moral, og tænker kun
på dem selv. Men det har du styr på. Han sagde stadig
ingenting.

- Hvordan går det i København? spurgte han så.

- Det går fantastisk. Vi er flyttet ind i en lækker lejlighed,
og naboerne er super cool. Alt kører bare på skinner. Jeg
tror sgu, at du har scoret dig et godt job derhjemme. Jeg
er ikke sikker på, at vi kommer tilbage, hvis det
fortsætter sådan her. Nå, men jeg smutter nu, Simon.
Ring endelig når der sker mere.

12

- Din proletarrøv! Hvorfor har du ikke sagt noget?
Stemmen i den anden ende var ikke til at tage fejl af, og
smilet på Simons læber bredte sig til op over begge
ører. *- At jeg skal høre det fra mor, mand! Det er sgu
ikke okay.*

- Nej, jeg beklager, grinte Simon.

*- Lærer på Katedralen? Hvad fanden sker der lige for
det?*

*- Ja, du kan godt huske Jakob, ikke? Han har taget
orlov, og så er jeg blevet bedt om at dække ind for ham.*

*- Det er sgu stort! Så kunne det alligevel bruges til noget,
det skribleri du har haft gang i.*

- Ja, det kan man sige; men det er jo kun midlertidigt.

*- Hvem ved, ikke? Du ved aldrig, måske bliver du glad
for det. Det er også mere sikkert at være skolelærer end
at prøve at blive forfatter. Alle kan jo blive lærere, for
pokker.* Simons smil blev en smule mindre.

- Og hvad så med dig?

*- Ja, jeg er i Sverige lige nu, sidder i Malmø til nogle
møder om et filmprojekt. Et nyt skandinavisk
samarbejde mellem hovedkanalerne. Der er en masse
forhandlinger i gang, så vi har lidt travlt, men nu hørte
jeg lige de gode nyheder, og så ville jeg lige ringe og
høre.*

- Det var pænt af dig.

- Og hvad så med boligsituationen og alt det andet? Det
må sgu da også være hårdt at være tilbage i kedelig
Danmark. Savner du ikke England helt hjernedødt
meget?

- Joe, det...

- Ej, vi skal altså tilbage nu, jeg er nødt til at løbe. Vi
snakkes lige ved, ikke?

- Jo, lad os det.

- Godt, Simon, vi snakkes, hej!

- He... Der var allerede lagt på. Simon pustede ud og
lagde mobilen fra sig. Det var måske også det rette
tidspunkt. Så slap han for at skulle lyve overfor sin
bror igen. Det havde han gjort så meget, når snakken
var faldet på studietiden i Bristol, og om hvordan det
hele gik derovre. Nu lød han jo også ligefrem stolt, så
hvorfor ødelægge det?

Det var et tilbagevendende mareridt for ham at tænke
på. Hvordan han var taget derover med rank ryg og
drømme om at blive til noget, og hvordan hans drømme
var blevet knust over det faktum, at der ikke var andre
end ham, der virkelig ville det. Hvordan ensomheden
langsomt var blevet druknet på bunden af flasken, og
hvordan hans lidenskabelige poesi var blevet til
fordrukne sømandsviser, om et liv der var engang.
Hvordan han havde påtvunget sig en grimasse der
passede til at skjule hvor skidt, det i virkeligheden stod
til. Selv da han fik åbnet op for et potentielt misbrug,

havde Andreas lukket kisten i igen, og hjulpet med at smide den tilbage på bunden. "Du skal jo bare ud at møde nogle mennesker", havde han fortalt Simon, og derefter levet videre i illusionen om, at det hele nok skulle gå. Når han senere fortrydende spurgte, hvordan det stod til, ville Simon først undgå emnet, til deres begges store glæde, indtil han så ville opfinde løgne for at skjule hvor skidt, det i virkeligheden var. En flaske vodka forklædt som en kande med agurkevand, eksempelvis. Han kunne aldrig nogensinde få sagt, hvordan han i virkeligheden havde det. Sådan havde det aldrig været mellem ham og Andreas; og måske derfor var det blevet, at tilliden i stedet blev givet til papiret.

13

Han kunne se hendes brune lokker danse i vinden. Hun havde sendt ham adressen på en sms. Han havde foreslået hende, at de bare kunne mødes på caféen, men hun insisterede på at følges med ham; "Han skulle jo næsten den vej alligevel". Hun så op på ham og smilte mens hun løsrev armene, som over kors havde holdt hendes jakke sammen i et skjold mod vinden, og vinkede ham ivrigt hen, som om han skulle skynde sig for at redde hende fra den kolde vind.

- *Har du stået her længe?* spurgte han.

- *Nej-nej, overhovedet ikke,* løj hun med sammenbidte tænder. - *Ja, jeg skulle nok have skrevet det til dig, men min dørtelefon virker ikke, så jeg tænkte, at jeg hellere måtte tage imod dig hernede. Skal vi gå?*

De fandt et rundt bord, som var placeret i et hjørne gemt væk bag en stueplante. Han lod hende sætte sig først, og iagttagede hende mens hun tog sin jakke af. Hun havde påmalet sig en sort striktrøje, som fremhævede hendes slanke mave under de velformede bryster, der gemte sig bag en bh-kant der var en anelse for stor til barmen. Han tog sig selv i at stirre tids nok til at flytte sit blik over på vinduet, som udgjorde deres udsyn til de forbipasserende på strøget på den anden side. De fik øjenkontakt, og hun smilede til ham. Der var stille. En rar stilhed, som havde overvundet støjen fra resten af caféen. Han åbnede munden og skulle til at sige noget, men blev stoppet af tjeneren, som havde inviteret sig selv ind i deres selskab. Han hilste på dem og gav dem et menukort.

- *Må jeg ikke bede om en caffe latte?* spurgte hun og smilte op til ham.

- *Så gerne,* sagde han og nikkede. - *Og herren?* Simon spejdede ned over siderne for at finde noget der virkede tilnærmelsesvist genkendeligt. Tænk at sådan en strøgcafé ikke havde et øl-kort? I stedet pegede han på det mest kedelige han faldt over og kiggede op på ham:

- *Jeg vil gerne have et glas af husets lemonade.*

- *Drikker du ikke kaffe?* spurgte hun med et skævt smil. Han rystede på hovedet. - *Det skulle du da bare have sagt, så var vi taget et andet sted hen.*

- *Det gør ikke noget. Jeg skal nok klare mig med hvad der er.*

- *Det må vi da have lært dig så.* Inden der blev sagt et ord mere, kom han tilbage. Hun pustede i overfladen, og han kunne næsten fornemme den sødlige brise blande sig i atmosfæren. Så drak hun af glasset, og stillede det fra sig igen. Han anede et silkefint lagen på hendes overlæbe fra kaffen.

- *Det er en gammel joke fra læreruddannelsen, at man lærer at drikke kaffe, når man skal være lærer. Det var nok ikke en del af pensum på uni i Bristol, tænker jeg.* Han rystede på hovedet. - *Der er nok en del flere pints på programmet.*

- Vi måtte ikke drikke på campus.

- Nej, men der er jo så meget her i verden som man ikke må. Den bedste og værste dobbelthed der findes. Det der er så forkert, men føles så rigtigt. Han så på læberne bevæge sig i slowmotion uden at fange et ord af, hvad hun prøvede at fortælle ham. Til sidst måtte han gøre hende opmærksom på det, og hun slikkede sig om munden og slugte hans tilstedeværelse råt.

- Tror du, at du bliver glad for det?

- Hvilket?

- Lærergerningen. Jeg ved godt, at man siger, at hvis ikke man kan blive andet, så kan man altid blive lærer, men jeg tror nu, at det efterhånden er blevet en skrøne. Lærergerningen er vel det fag i dag, hvor flest skifter branche efter et par år.

- Jeg prøver vist bare at tage det en lektion ad gangen.

- Indtil efterårsferien føles det som om man jagter et tog, man er ved at komme for sent til. Sådan er det de første par år. De fleste glemmer bare, at der er flere afgange, og eleverne normalt først tager det tredje eller fjerde tog. Du har ingenting at frygte. Han smilte til hende. Det virkede på en måde betryggende for ham.

- Har du altid vidst, at du ville være lærer?

- Jeg tror ikke, at jeg havde et andet valg. Begge mine forældre er lærere, så det lå ligesom i kortene. Jeg vidste så, at jeg ikke ville være i folkeskolen. Tænk sig at være

en del af det kaos hver eneste dag. Jeg overvejede også
efterskolen og prøvede det i praktikken, men fandt ud af,
at jeg bare af natur sætter stor ære i fagligheden, og jeg
ville ikke kunne leve med at miste en femtedel af mine
timer på alt muligt andet; og så blev det ligesom
gymnasiet. Det at have et konkret mål og hjælpe
eleverne med at nå det fordi de ved, at de skal bruge
enhver karakter til at bestemme resten af deres liv. Det
er så motiverende at arbejde med unge mennesker, der
vil noget mere. Det må du selv kende til? At jagte sine
drømme og sige farvel til alt det trygge for at nå dertil?
Han sagde ingenting. Efter alt det han havde gjort,
havde han jo ikke opnået noget som helst.

- Men hvis du så selv kunne vælge, hvad ville du så
gerne have lavet i stedet?

- Jeg tror ikke, at jeg havde valgt anderledes. Jeg synes
ikke nødvendigvis, at en jobtitel er med til at definere,
den jeg er. Det er mere måden, jeg går til opgaven. Men
skal jeg nu alligevel sige noget, så tror jeg ikke, at jeg er
gymnasielærer resten af mit liv. Der er ved at ske et
skred hos de unge mennesker, og den måde de går til
opgaven på, og det kræver noget mere af os voksne. Det
kunne jeg godt tænke mig at hjælpe den næste
generation af lærere med at blive klar til. Der var noget
inspirerende i den måde hun talte på. Måden hun
kommunikerede med hele kroppen. Den måde hvorpå
hendes sjæl gentog de ord, der kom ud af hendes

mund. Hun blev ved med at snakke, mens han nikkende rokkede med til lyden af ordene, der bankede i takt med hans hjertemuskel. Han sansede ikke, at hendes mund stoppede.

- *Giver det overhovedet mening, eller vrøvler jeg bare nu?* spurgte hun og smilte til ham. Han havde ikke hørt efter længe, men han var på ingen måde i tvivl.

- *Jeg har sjældent hørt noget mere rigtigt.* Hun udbrød en højlydt latter, som penetrerede summen i caféen, og hun drak igen af sin kaffe, og sank ned i stolen i skjul for blikkene fra de andre gæster. Hun satte sig op igen, og satte glasset tilbage på bordet.

- *Hvad skriver du så?* spurgte hun nysgerrigt, og lænede sig over mod ham.

- *Alt* svarede han. - *Eller, næsten alt. Jeg skriver ikke krimier. Jeg synes det er så uopfindsomt at jagte forskellige måder at slå fiktive mennesker ihjel på. Ellers så skriver jeg alt. Mit problem er, at jeg sjældent gør noget færdigt.*

- *Så må du skrive noveller.*

- *Det har jeg også prøvet, men jeg har svært ved at give slip på mine karakterer. Jeg vil gerne skrive om dem, indtil jeg kvæler dem for liv, og smider dem ud uden at fortælle deres historie færdig.*

- *Så skriv om dig selv. Du ville aldrig slå dig selv ihjel. Har du skrevet digte?*

- *Et par stykker.*

- Må jeg høre et? Han mærkede havet fra de blå øjne skylle ind over hans bare tæer. Vandet var varmt og luften tæt. Så tog han sin mobiltelefon op og scrollede sine noter igennem. Så rensede han halsen og så op på hende. Hun ventede i spænding.

- Det hedder "Drømme" sagde han. Hun nikkede.

- I en silhuet af lys

Fra en lygtepæl i et gadekryds

Sælger jeg drømme

For at flygte fra et mareridt

Jagten på det sidste skridt

Inden jeg kan løbe

Lige siden det fjortende år

Skyllet fra den gyldne tår

Følelsen af at ramme en guldåre

Og vandet bliver koldere

Og vandet bliver mørkere

Og vandet bliver dybere

Og jeg kan ikke længere bunde

Men så holder jeg fast

Omfavnet af grønt glas

Knuger til den hvide flaskehals

Sølvet fra en redningskrans

Der holder mit hoved over vand

Så nu sælger jeg hovedpuder

Billigt som en tævet luder

Giver jeg blowjobs til alle kunder

Der vil pustes op

Og pustes liv i

Inden mit eget slutter

Han kiggede på hende, i hvad der føltes som en evighed. Han afventede en form for reaktion, men hun forblev tavs. Han pakkede telefonen væk, og drak igen af den nu lunkne lemonade mens han lyste efter svar i det inderste mørke. Han havde sagt for meget. Hun havde sagt for lidt, lidt for længe. Hun kiggede bestemt på ham, og gav ham den reneste form for smiger, som han ikke vidste fandtes: - *Må jeg bruge den på mit danskhold?*

De stod udenfor opgangen omfavnet af trafikstøj mens de ledte efter modet til at foreslå det næste skridt.

- *Vil du med op?* spurgte hun så efter at have tøvet

69

længe nok. Hans blik flakkede mellem hendes øjne mens usikkerheden afholdt ham fra at sige, hvad han inderst inde havde lyst til at sige. Han havde påmindet sig selv om Jakobs ord, og kunne ane hans spejlbillede i hendes øjne.

- *Jeg må hellere komme hjemad. Jeg har noget undervisning jeg mangler at få styr på til i morgen.*

- *Jeg forstår,* sagde hun skuffet. - *Jeg vil altså stadig gerne hjælpe dig med det.*

- *Det ved jeg godt, og jeg vil elske din hjælp en anden gang. Det er småting jeg mangler.*

- *Jeg håber, at vi kan gøre det igen,* sagde hun så. Hun gik ind for et kram, men blev mødt af en udstrakt hånd.

- *Vi ses i morgen,* sagde han så.

14

- Var I i byen i går? Han virkede bekymret, men Freja virkede ikke til at dele den samme bekymring for hendes velbefindende. Hun kunne ikke tyde, om det var den overfladiske omsorg, som man har en vis forpligtelse til at have overfor sine elever, når man er lærer, eller om han rent faktisk mente det, når han spurgte ind til, hvad hun gik og bedrev i sin fritid.

- Ja. Er det et problem? svarede hun, og smilte mens hun pakkede sin taske og forsøgte at gemme væk, hvad der var sket for ikke alt for mange timer siden.

- Jeg spørger bare. Du virkede bare lidt fraværende i dag.

- Det var heller ikke din bedste time, skal du altså bare lige vide. Så kan man godt nogle gange tillade sig at være lidt bagstiv og komme igennem timen med tømmermænd. Gjorde jeg det stadig ikke okay eller hvad? Han nikkede. Det havde hun så afgjort.

- Skal I afsted igen i aften?

- Selvfølgelig. Skal jeg ringe til min far og sige, at han ikke behøver bekymre sig mere, for det skal min engelsklærer nok gøre? Hun grinte, og han bøjede hovedet. Det var et ynkeligt forsøg på at have en samtale med hende. *- Du er velkommen til at tage med, hvis ikke du skal noget. Du trænger sikkert også til at holde weekend.*

- Ja, jeg ved ikke om det er så god en idé.

- Det styrer du selv. Men der er ikke stor forskel på, om vi tager i byen sammen eller om vi mødes dernede. Hvad end du er bange for findes begge steder. Det vidste han godt. Han behøvede bare, at hun også sagde det højt.

- Ellers tager vi også i byen i morgen. Det kan du sikkert også selv huske. Fra "lille-fredag" til søndag nat. Sådan som det altid har været. Så sagde hun ikke mere. Hun nikkede til ham, og smed tasken på ryggen. Og så gik hun.

Han havde læst beskeden igennem så mange gange, at det ikke længere gav mening for ham. Ordene betød ikke længere noget. Det hele virkede ligegyldigt, og han havde ingen skrupler ved at bruge skolens intrasystem til at komme i kontakt med hende. Så måtte han få en løftet pegefinger fra en IT-ansvarlig eller en advarsel fra ledelsen. Det kunne alt sammen være fløjtende ligegyldigt. Han var nødt til det. I stedet sad han og opdaterede startsiden, mens hans ben hvileløst rystede ude af takt med resten af kroppen. Han kunne finde på at rejse sig og gå over til vinduet og se ud på gaden, nærmest i frygt for, at han ville blive opdaget. Det var uvirkeligt for ham, at det var nået dertil. Det virkede lige så uvirkeligt, da der endelig kom et svar tilbage. Det var kortfattet og præcist. "Vi tager i sauna klokken 22". Mere stod der ikke; og mere skulle der ikke til. Han skulle med i sauna.

Han var igen kommet i god tid, men ikke bedre, end man behøvede heldet for at finde en plads ved baren på en fredag. Han bad bartenderen om at vente med bestillingen, da han ikke havde besluttet sig. Det havde han, men selvom han var bagud i forhold til hende, så havde han stadig et ansvar, og søndagen blev vigtig for ham, når nu han havde forvildet sig ud i byen med en flok teenagere. Han skulle bare lige markere sig, have en enkelt eller måske to, og så tilbage i seng. Mandagen nærmede sig med hastige skridt, og det var altafgørende for ham, at det blev en god start på ugen, når nu hun også havde sagt, at den sidste lektion ikke havde været prangende. Tiden gik. Han talte i intervaller af fem minutter. 22:05. 22:10. 22:15. Hvert interval blev fulgt til dørs af et drej mod indgangen for rent faktisk at se hende gå ind. Det gjorde hun ikke, når han drejede hovedet. Han rakte hånden op og fik øjenkontakt med bartenderen. Han nikkede og stillede sit glas for at komme over til ham.

- *En...* var alt han sagde, før et øredøvende rabalder ramte ham som en våd klud, og bare pigearme tog ham om skuldrene og ruskede ham rundt på stolen til lyden af en skinger sang, hvor melodien klart var vigtigere end ordene. Han drejede hovedet og talte efter, og rettede ordren til et passende antal, mens stole blev trukket over til ham. Så sad han i centrum af smukke, unge kvinder, som måske nok var mest interesserede fordi han ikke var som de andre.

- *Så kunne I være her,* sagde han mens han forsøgte at holde masken overfor en pige, som overhovedet ikke havde forstået den påstående alvor han forsøgte at bilde sig selv ind.

- *Slap dog af!* sagde hun ironisk. - *Har du aldrig hørt om "det akademiske kvarter"? Er du overhovedet kvalificeret til at undervise?* Hun sagde det mest i spøg, men uden anelse om hvor tæt på sandheden hun i virkeligheden var.

- *Nej, vil du ikke være sød at belære mig med din akademiske kunnen?* sagde han i sjov mens han forsøgte at holde et grin tilbage.

- *Enhver aftale starter først et kvarter efter det aftalte tidspunkt. Det må du også vide fra din tid på uni. Når kirkeklokkerne ringer, har man et kvarter til at møde op, og vi er her lige på minuttet.*

- *Hvad siger du klokken er nu?*

- *Kvart over?*

- *22.17.*

- *Okay, "Fessor-terning". Så giver jeg den første omgang.*

Alt druknede væk i støjen omkring dem. I en form for panikangst forsøgte han at gøre sig yngre, end han var. Han løj, så sveden piblede ned ad panden, og han vejede sine ord og udtalte dem så præcist som det var muligt for ham, bare så han var sikker på, at hun forstod, hvad han sagde. Han vidste hun hørte det, men

74

han var ikke sikker på, hvorvidt hun lyttede.

- *Du ved godt, at det er nemmere at ringe til mig i stedet for at spamme mig på Lectio, ikke? Du var heldig med, at jeg overhovedet tjekkede den på en fredag.*

- *Jeg har jo ikke dit nummer,* undskyldte han.

- *Det kan du vel også finde i systemet?* Hun bad om en kuglepind, og tog fat om håndleddet på ham, og lagde hans arm på bordet. Så begyndte hun at skrible cifre ned på undersiden af armen, så langtrukket og hårdt, så han ikke bemærkede, at der kun blev skrevet syv tal.

- *Hvad med det sidste?* spurgte han forvirret.

- *Det må du se om du kan finde ud af,* svarede hun og smilede overlegent, som om hun havde vundet et spil. - *Du har 10 muligheder, men ikke flere dårlige undskyldninger. Så må du jo prøve dig frem og håbe du ikke skal igennem alt for mange forsøg for at ramme rigtigt.* Hun tog glasset og lagde tungen på undersiden mens hun førte det op til munden og drak mens hun intenst kiggede ham i øjnene. Han kiggede på hendes hals, som langsomt tog ham med ned i dybet.

- *Skal vi videre?* råbte hun og skar sig igennem til dem som en kniv gennem den tykke lydmur af hård rock og dybe stemmer. Pigerne drak ud og rejste sig for at tage deres jakker på. Hun rejste sig og stod foran ham. Han kiggede op på hende og op på hendes klare øjne, som var indrammet af de lyse totter, der skærmede hendes ansigt. Mørklagt af modlys fra lamperne i loftet, men øjnene skinnende som juveler. Hun gav ham et afventende blik.

- *Det er ved at blive sent,* svarede han og rejste sig. Så stod de der, overfor hinanden, med armene ned langs siderne. Han forsøgte at strække sine fingre over mod hendes i forsøget på at få kontakt, men trak dem tilbage igen, da hun flyttede på sig selv, væk fra ham og hans afslag til hendes ønske. Det var hun ikke vant til.

- *Natten er ung,* sagde hun og forsøgte at omvende ham med et hundehvalpeblik, der gjorde ham blød i knæene og fik hans hjerte til at banke hurtigere.

- *Og pigen er smuk. Men det er søndag i morgen, og jeg er nødt til at få ordnet nogle ting.*

- *Okay. Det er dit valg.* Hun var på vej forbi ham, men stoppede og trykkede sin kind mod hans mens hun hviskede: - *Du bliver ikke ved med at få de her chancer.* Han smilte og hun gik videre. Så vendte han sig om og greb hendes arm. Hun vendte sig og så på ham.

- *Chancer er ikke noget man får. Det er noget man tager.*

15

De sad igen i det lille forberedelseslokale til et fagmøde, som på trods af den evindige gentagelse stadig ikke havde fundet en rytme eller tryghed hos ham.

- *Vi skal igennem en del i dag, så lad os hellere komme i gang.* Thor delte dagsordenen ud mens han lænede sig forover og rømmede sig. - *Først elever; jeg har talt med Filip og hans far en del de sidste par uger, og jeg mener vi skal flytte ham op i niveau, så han kommer op i min klasse i stedet for. Han får ikke nok ud af undervisningen hos Simon, og det går ud over hans læring.*

- *Undskyld mig,* sagde Simon og så uforstående på ham. - *Filip har intet vist siden jeg overtog klassen, han laver ikke sine ting og bidrager på ingen måde, når vi gennemgår opgaver i plenum.*

- *Det kunne jo være fordi han er understimuleret, Simon. Fordi du ikke forstår eller magter at ramme ham der, hvor han er. Han får for lidt ud af det, og han mangler motivation.*

- *Han har overhovedet ikke givet udtryk for noget af det der? Han er bare en uopdragen unge, som mener han er bedre end de andre, og derfor får han sin far til at kæmpe kampen for ham og få sin vilje.*

- *Nu har du ikke snakket med Filip eller hans far, formoder jeg.* Han kiggede over på Alvina, som lydløst stirrede ned i bordet for at undgå øjenkontakt. - *Men hvis du nu ville bruge mere tid på dine elever, og tage snakken med forældrene, så ville du også vide hvorfor dette er den rigtige beslutning.*

- *Den rigtige beslutning? At give efter for forældrebrok? Nu stopper du...*

- *NEJ!* Thor havde bevæget sig op fra stolen og stod foroverbøjet ved kanten af bordet. - *DU stopper nu. Jeg er din gud. Det er en endelig beslutning. Vi gør det efter terminsprøverne. Han laver en god opgave, og så er der ingen der kan stille spørgsmålstegn ved vores beslutning.* Han så længe på Alvina, som spejdede rundt i lokalet på noget, der kunne opsluge hendes opmærksomhed og føre hende væk fra Simons dømmende øjne.

- *Hvorfor sagde du ingenting?* spurgte han og afkrævede et svar.

- *Simon, det er ikke alting der giver mening her, det må du forstå. Hvis Filip og hans far mener, det er det bedste, så er det nok sådan det er.*

- *Jeg troede du ville være enig med mig...*

- *Jeg ER enig. Du har fuldstændig ret. Principielt skal vi aldrig bøje os for sådan nogle ting, men det er også en del af vores job. Det er ikke alt i teorien, som også fungerer i praksis. Sådan er det bare.* Han stod og kiggede på hende, men farede vild mellem alt det han burde sige, og alt det han ville sige. Inden han nåede at

78

beslutte sig havde "Brillen" tilsluttet sig deres samtale.
- *Simon, jeg skal bruge en vikar i idræt; kan du træde*
til? Simon nåede ikke at svare, før han havde taget det
som tiende samtykke. - *Perfekt. Vi har noget idrætstøj til*
at ligge, Alvina kan vise dig det, og ellers er det bare i
den store hal. "Brillen" nikkede til dem begge, og først
da han var gået, faldt Simons hoved ned til et
opgivende suk.

Han genkendte med det samme den hæse røst, der
ekkoede igennem rummet, da han trådte ind på det
bonede halgulv. Hestehalen havde samlet flokken i
halvcirklen midt på gulvet, og havde afsagt den sidste
instruks for dagen, da Simon stillede sig ved siden af
ham. Han kiggede skævt til Simon.
- *Selvom du bare er vikar, så må du altså stadig gerne*
komme til tiden, fnyste han og kiggede tilbage på
flokken. - *Filip og Anton, I laver drengenes hold. Majken*
og Camilla, I laver pigernes. Hestehalen pegede ud mod
væggen, hvor to net med bolde var stillet. - *Ved du*
noget om håndbold? spurgte han. Simon rystede på
hovedet. - *Shocker...*

Han havde åbnet det sidste net af bolde, da han hørte
en forsigtig banken på døren ind til redskabsrummet.
Frejas morgengyldne hestehale hang ned fra hendes
ene skulder og dækkede sportsmærket på hendes
bryst. Han så på hende og smilede, mens han fortsatte

med at tage boldene op af sækken og ind i skabet.

- *Skal du have hjælp?* spurgte hun, og kiggede ud på gangen efter andre, inden hun gik ind i rummet og lukkede døren bag sig.

- *Det behøver du ikke, Freja,* svarede han i et forsøg på at lyde selvsikker. - *Det er det sidste net.* Hun sagde ingenting, men iagttagede sveden der var begyndt at forme sig på hans pande. Hun bevægede sig langsomt over mod ham, og stod så og tårnede over ham. Han rejste sig op og forsøgte at tælle de millimeter der adskilte deres ansigter. Han kunne se sit eget spejlbillede i hendes lyseblå øjne.

- *Du har tavshedspligt, ikke?* fortsatte hun, og han rykkede tilbage.

- *Tavshedspligt, jo. Men ved du hvad tavshedspligt betyder?*

- *At du ikke må fortælle om ting der sker på jobbet.*

- *Det er ikke helt så simpelt, Freja. Det betyder mere, at jeg ikke må dele ting med andre, som det overhovedet ikke vedkommer.*

- *Så det handler om hvem og hvad det drejer sig om?*

- *Det kan man godt sige.* Hendes mine skiftede karakter, og hun trådte yderligere tilbage. - *Er der noget galt, Freja?* spurgte han.

- *Jeg er ikke længere sikker på, om jeg skal sige det,* svarede hun. Hendes øjne flakkede og hun tøvede med sine ord.

- *Jeg kan godt se, at der er noget galt,* løj han, selvom hun var åbenlyst utilpas. Hun så op på ham. - *Bare fordi man bærer noget flot, betyder det ikke, at det ikke er tungt, Freja.* Hun nikkede. - *Så fortæl mig hvad der sker.*

- *Det er Filip,* tøvede hun. - *Han er... Eller han kan... Være ubehagelig.*

- *Hvordan "ubehagelig?".*

- *Altså, han er rigtig sød og sådan, men... Han er bare meget umoden. Meget anmassende og antastende. Han hører ikke efter hvad man siger til ham, eller når man beder ham stoppe.*

- *Hvad gør han?*

- *Han er meget direkte. Spørger om ting. Upassende ting.* Hun kiggede væk. Trak vejret dybt. Så kiggede hun tilbage på ham. - *Så du ham i dag? Hvordan han tog et billede af mig mens vi spillede? Råbte ting om min røv, og hvordan han ville have "andre" billeder og sådan noget.*

- *Hvad gjorde han?!*

- *Det er rigtigt. Han kan bare være rigtig ulækker. Jeg ved ikke, om det er fordi han prøver at spille hård med de andre drenge eller hvad det er, han laver.*

- *Skal jeg tage en snak med ham?*

- *Ja, vil du ikke nok? Du skal ikke sige, at jeg har sagt noget. Jeg er bange for, at det bare bliver værre. Men jeg orker bare ikke mere nu.*

- Jeg skal nok få ham til at forstå alvoren. Simon smilede og nikkede til hende. Forsigtigt smilede hun tilbage. Så gav hun ham et knus. Hans åndedræt og ham kom skævt ind på hinanden. Det havde han ikke forventet. Så takkede hun ham og vendte om.

Simon fastholdt sit blik i gulvet, og kæmpede for ikke at se hvad det var, Filip havde snakket om.

16

Han skulle ikke bruge meget betænkningstid. Sådan var det også, når han skrev. Han ville ikke begrænse sig selv, i frygten for at det aldrig blev godt nok. Så ville han hellere skrive noget ned, lade det leve sit eget liv og så senere beslutte, hvem der skulle have en kugle gennem panden. På samme måde havde han besluttet sig at konfrontere Filip. Han skulle ikke gennemtænke ethvert scenarie nu. Det havde han gjort, da han startede, men havde med Freja også indset, at man ikke kunne planlægge sig til enhver løsning. Nogle gange skulle man bare kaste sig ud i det og få det overstået med det resultat, som man var i stand til at skabe. Det var ligesom at rive et plaster af. Det skulle bare ikke gøre ondt på ham denne gang.

- *Er du sød at blive hængende, Filip?* spurgte han, da han var på vej hen mod døren. Filip sagde ingenting, og fortsatte determineret hen mod udgangen. - *Filip?* forsøgte han igen, men uden en reaktion. Til sidst blev det for meget for ham. Muligheden var ved at forsvinde mellem hænderne på ham. - *FILIP!* hævede han stemmen, og Filip stoppede i døråbningen. - *Kom lige herover,* bad han ham, og Filip lukkede døren efter sig og gik over til ham.

- *Hvad vil du?* spurgte han irriteret mens han stillede sig på den anden side af katederet, som en form for mur til at holde fjenden væk.

- *Jeg har lagt mærke til dig, Filip.*

- *Og? Det ville være mærkeligt hvis ikke du gjorde.*

- *Jeg har regnet dig ud. Jeg ved hvad det er du går og laver.*

- *Hvad mener du?*

- *Jeg har lagt mærke til, hvordan du behandler pigerne her på stedet. Hvordan de undgår dig. Hvordan de afskyr dig og dine metoder.*

- *Undgår mig? Hvad har du røget? Jeg ved ikke, hvad du snakker om.*

- *Så du siger til mig, at du ikke har forsøgt at afpresse nogle piger til at sende dig upassende billeder?*

- *Nej?! Du må da være blæst i dit hoved, mand!*

- *Du er en krænker, Filip. Og det skal stoppe nu. Kan du forstå det?*

- *Fuck dig, mand! Jeg ved ikke, hvem du snakker med, men de er fulde af lort, og du er en kæmpe idiot for at tro dem. Og du er en endnu større spasser for at stå og true mig for noget, jeg ikke har en skid med at gøre. Måske du skulle stoppe med selv at kigge efter pigerne, når nu du tror du ved så meget om dem. Du er en pervers stodder, som ikke har noget at gøre her på skolen.* Han kiggede ham i øjnene og flakkede mellem hans blik i forsøget på at udtænke sit næste træk. - *Jeg skrider nu,* fnyste Filip og igangsatte sin flugt væk fra Simon og hele situationen, men han havde ikke forudset styrken af en voksen mand ufortrødent torpedere ind i en forsvarsløs teenager med fuld kraft og nedlægge ham på det nærmeste bord, mens han fastholdt ham i et jerngreb, badet i deres begges ansigts sved. Han holdt ham nede med kløerne fastlåst i kraven, og han pressede ham hårdere og hårdere ned mod bordet mens han råbte ad ham: - *HVIS JEG NOGENSINDE HØRER DIT NAVN BRUGT SOM KRÆNKER IGEN, SÅ SKAL JEG PERSONLIGT SPARKE DIN RØV SÅ LANGT UD AF KATEDRALEN, AT DU MÅ LEVE I FLYVERSKJUL RESTEN AF DIN TILSTEDEVÆRELSE! FORSTÅR DU DET?!* Han nikkede i ren panikangst mens han lukkede øjnene for at undgå spyttet der haglende ned mod ham som pile i flammer fra Simons mund, hvis tunge var så skarp, at den kunne skære igennem ham. Så slap han endelig sig greb om ham og gik væk fra bordet. Filip lå og kiggede på Simon, som havde vendt ham ryggen. Han skulle ikke tænke længe over situationen. Hurtigt fik han rejst sig og løb ud af lokalet, hurtigere end man skulle tro nogen kunne være i stand til at stikke halen mellem benene. Simon kiggede ned på sine hænder. Han rystede. Så tog han dem op foran sit ansigt og lod tårerne fylde sine håndflader.

17

En sms tikkede ind og vækkede ham fra at blunde væk
på sofaen til endnu en genudsendelse. Nogle gange var
det bedst med baggrundsstøj, så man ikke hele tiden
følte sig alene. Han greb mobilen og blev blændet af
displayet som lyste hans ansigt op. Så fokuserede han
og så sms'en på startskærmen. "Kan du snakke?" stod
der, og han kiggede på nummeret og lagde mærke til
det sidste ciffer. Det var et tretal. Han åbnede beskeden
og lagde tommelfingrene på tastaturet. Han lavede en
emoji af en "thumbs up" og et hjerte. Så slettede han
hjertet igen og trykkede send. Nu var det bare at vente.
Han kiggede længselsfuldt på displayet, som stadig
skar ham i øjnene med det hvide lys. I stedet for en ny
besked bragede den skingre lyd fra dørklokken igennem
lejligheden, og han sprang op fra sofaen, som faldt
bomber ned omkring ørene på ham. Han rejste sig og
gik ud til hoveddøren. Han så igennem dørspionen,
men kunne kun se omridset af det lange, våde hår, som
febrilsk kiggede omkring for at se, om hun var alene.
Han åbnede døren. Så stod de der.

- *Må jeg komme ind?* spurgte hun og forsøgte at ryste
regnen af sig. Han nikkede og trådte et skridt til siden
for at give hende plads. Hun gik ind i lejligheden og han
fulgte efter.

- *Hvorfra ved du hvor jeg bor?* spurgte han og tilbød at

tage hendes jakke.

- Det kan godt være, at du ikke forstår at bruge vores systemer, men det betyder ikke, at andre ikke kan finde ud af det. Hun satte sig på sofaen og kiggede op på ham.

- Vil du have noget at drikke? spurgte han. Hun rystede på hovedet. Så kiggede hun ned i gulvet. Han satte sig ved siden af hende. *- Hvad er der sket?* Hun kiggede forsigtigt på ham, som om hun prøvede at undgå øjenkontakt.

- Jeg har bare brug for at sige tak, sagde hun så. *- Jeg ved ikke hvad du har gjort, men Filip forsøger i den grad at undgå mig. Det er som om han ikke længere tør være i nærheden af mig. Det er faktisk rart.* Simon nikkede og smilte.

- Jeg lovede dig jo, at jeg ville løse det for dig.

- Han nægter at tale med mig, som om jeg kun prøver at give ham problemer.

- Man får ikke problemer af at være sammen med dig?

- Måske? Man kan aldrig love noget, kan man?

- Jeg lovede jo, at jeg ville ordne det?

- Jeg kan ikke love dig det samme. Men jeg er glad for din hjælp. De kiggede på hinanden, længe og intenst. Han fjernede håret over hendes øje og førte lokken om bag øret på hende mens han kærtegnede hendes kind. Hun forsøgte forsigtigt at kysse hans håndflade. Han så det med det samme. Han kiggede på hendes læber, og

tænderne som bed dem i smerte over, hvad der endnu
ikke var sket mellem dem. Så førte han hånden tilbage
til hendes ansigt og trak hende hen til sig. Han kyssede
hende, som var det det eneste, der betød noget for dem.
Hun bed ham, for at sikre han ikke trak sig væk igen.
Det kunne han aldrig drømme om. Han var allerede i
en drømmeverden, som han aldrig ville vågne op fra
igen. Det var i tider som disse, hvor stilhed betød alt.

Hun vågnede af lyset, der fandt vej mellem de smalle
persienner. Hun havde natten forinden oplevet hvordan
den mindste åbning var invitation, så hun var ikke
overrasket over, at lyset skulle finde vej til hende. Hun
gned øjnene og dulmede sine tanker. Tanker som føltes
tunge, som om hun havde tømmermænd. I modsætning
til hvad hun ellers var vant til, så var hun pinligt ædru,
og det gjorde også, at hun denne gang ikke havde
modet til at stikke halen mellem benene og skride,
inden han vågnede. Det var ellers sådan, hun havde det
bedst. Tage hvad hun ville have, og smide resten væk.
Det kunne hun ikke denne gang. Hun havde troet, at
han skulle kæmpe mere for det, men han havde lykkes
med at sparke benene væk under hende, og elske med
hende, som hun ikke havde prøvet før. Andre mænd tog
hende, for hvad hun var. Med Simon føltes det som om,
at det var for hvem hun var. Han ville ikke risikere at
ødelægge hendes skrøbelige krop og sind. Det føltes
rart. Næsten rigtigt. Men også kun næsten. Hun lagde

88

sig på siden med ryggen til vinduet og kiggede på ham. Hans ansigt blev oplyst af solens stråler, men han forblev i den dybe søvn. Sådan iagttagede hun ham, mens han lå og trak vejret, nærmest som om han forsøgte at holde hovedet over vandoverfladen. Hun følte, at hun råbte under vand. Der var ingen til at høre hende. Hun kunne til sidst mærke roen. Der skulle ikke ske hende noget denne gang. I stedet kunne hun forsigtigt lukke øjnene igen og falde i søvn.

Hun vågnede ved hans hånd, der strøg hendes hår og hendes kind. Hun så ham i øjnene og smilede til ham, mens han fortsatte med at kærtegne hende.

- *Godmorgen,* sagde hun og smilte til ham, mens hun rykkede sig ned under dynen endnu mere komfortabelt, end hun var til at begynde med. Han sagde ingenting, men smilede til hende og fortsatte med at stryge hendes silkebløde hud og hår. Så tog hun om hans hånd, og førte den ind under dynen, så han holdt fast om livet på hende.

- *Du er dumsmuk,* sagde han og kiggede på hende.

- *Hvad?* sagde hun og grinte, uden helt at vide hvorfor.

- *Dumsmuk,* fortsatte han. - *Du er så smuk, at jeg bliver dum af det. Du er så smuk, at jeg har svært ved at forstå, hvor smuk du egentlig er. Du er så smuk, at det ligger udenfor min fatteevne, hvor smuk du virkelig er. Det er helt latterligt, så smuk du er. Du er så smuk, at jeg ikke bare glemmer alt om tid og sted, men også at jeg mister evnen til at forstå, hvem jeg er og hvad jeg laver*

her. Du er så smuk, at det nærmest er overdrevet,

selvom det er en underdrivelse i sig selv. Du er så smuk,

at ordet mister sin betydning. Du er så smuk, at der ikke

er noget at sammenligne med. Intet, eller ingen, at stille

ved siden af. Det er dét det betyder at være dumsmuk.

Du er pæn på de dage, du er morgengrim. Dit hår er

smukt. Dine tænder er smukke. Din lille, ubetydelige

kløft i hagen er smuk. Så smuk, at jeg ikke kan forestille

dit ansigt uden. Du er så smuk, at jeg ikke ved om jeg

skal grine eller græde. Skal jeg glæde mig over, at der

findes nogen så smuk som dig, eller skal jeg græde over,

at jeg er en af de få, der formår at opleve det? Hun så

ham i øjnene. Så ind i hans sjæl. Så så langt ind, at

hun blev i tvivl om, han var virkelig. Om han virkelig

mente det. Det var dér, at hun grinte højere end første

gang. Måske i panik. Måske fordi hun ikke følte, hun

havde andet valg.

18

- *Hvad fanden bilder du dig ind?* råbte Hestehalen mens han nærmede sig Simon i form af en tikkende bombe, der var klar til at springe dem begge i atomer i en nævekamp der skulle slå en af dem ihjel.

- *Hvad snakker du om?* svarede Simon forvirret, selvom han nok kendte grunden til Hestehalens frustration.

- *Filip kommer til mig og siger, at du mobber ham i undervisningen, og han gerne vil flyttes op før tid. Jeg troede vi havde en klar aftale om, at det skulle ske naturligt, og du skulle holde lav profil, så vi ikke fik flere problemer? Alligevel løber du hovedløst rundt og tror, at der ikke findes noget større end dig!* Simon kiggede nervøst på ham, mens han angreb ham som var han et skybrud, der fyldte rummet med et flammehav. - *Jeg ved ikke, hvem du tror du er, men du skal fandeme ikke tro, at du styrer noget som helst her! Det er mig der bestemmer her! Og om du vil det eller ej, så kommer Filip til at skifte klasse, senest efter prøverne! Og når han gør det, så skal jeg kun vente på, at du får sparket ud af Katedralen, og inden længe vil du være slettet fra alle og enhvers hukommelse. Du er et nul! Et fucking nul!*

19

*- Du skal bare behandle ham som en gud, så skal alting
nok gå.* Han havde svært ved at forstå det, men hun
virkede som om hun mente det.

- Hvordan kan du sige sådan noget, Alvina? spurgte
han fortvivlet og så desillusioneret på hende.

*- Du skal heller ikke tro, at jeg ikke har det dårligt med
at sige det, men nogle gange må man bare vælge sine
kampe... Og når det kommer til Thor, så må man bare
tro på, at han har ret, når han siger det handler om
eleverne.*

*- Manden ved jo ikke en skid! Han aner ikke, hvad der
sker hos eleverne. Han fatter ikke, at de også har et liv
udenfor skolen. Han tror alting cirkulerer rundt om hans
åndsvage lille verden, hvor han er høvding. Du skulle
bare vide, hvad der foregår derude, når de har fri.*

- Hvad ved du om det, Simon? spurgte hun nysgerrigt.
Ordene forsvandt som han havde tænkt dem. Han
vidste heller ikke længere, hvad han mente med det.

- Du skal møde min familie, sagde hun. Det kom ud af
ingenting, men virkede til at betyde alt. Han var
usikker på, om han opfangede det første gang, men
hun læste hans øjne med det samme og gentog hvad
hun havde sagt.

- K-kan jeg det? spurgte han uforstående.

- Om du kan? Hvorfor skulle du ikke kunne det?

- Altså... Vil du introducere mig som... mig?

- Hvad snakker du om? Hvem skulle jeg ellers
introducere dig som?

- Nej, men... Vil du introducere mig som din
gymnasielærer? Hun så uforstående på ham.

- Jeg vil da introducere dig som Simon? Mine forældre er
da ligeglade med, hvad du laver. Tonen havde ændret
sig. *- Jeg ved ikke, hvad du kommer fra, Simon, men*
mine forældre elsker mig for mine valg og på trods af
mine valg. Jeg tager jo ikke en stiknarkoman hjem. Det
er ikke sidste gang, jeg skal se dem, inden jeg
konverterer til islam og flytter til Pakistan. De vil være
glade for, at jeg faktisk har fundet en sød og
betænksom, moden fyr, som har et godt arbejde, og som
forhåbentlig stadig opfører sig professionelt, på trods af
vores forhold. Kærlighed er ikke noget, man bare sådan
lige kan styre. Det håber jeg du forstår. Han sank, som
havde han slugt sin tunge i medløbet. Så nikkede han.
Det føltes som om hans hjerte voksede i størrelse.

Han rettede skjorteærmerne til og tog en dyb
indånding. Så bankede han forsigtigt på, men fangede
sig selv i sin usikkerhed og begyndte at banke hårdere.
Efter kort tid blev der åbnet, og Freja kiggede på ham
med et smil, der langsomt udviklede sig til et
malplaceret grin.

- Hvordan er det du ser ud, Simon? spurgte hun og
forsøgte at skjule sin latter med hånden. Han kiggede

ned på sig selv.

- *Jeg tænkte bare, at jeg ville tage noget pænt på.*

- *Ja, men du skal møde mine forældre, du skal ikke til konfirmation.* Hun bød ham velkommen og førte ham ind i entréen. - *Ej, det er vi nødt til at gøre noget ved,* sagde hun og tog blazeren af ham. - *Har du noget indenunder?*

- *Ja, en hvid t-shirt,* sagde han, og hun knappede hans skjorte op.

- *Jeg tager lige det der, det er bedst.* Hun foldede skjorten sammen, og lagde den i spanden med paraplyer i hjørnet. Så greb hun om hans skuldre og kyssede ham. Den tyngende vægt forsvandt. Hun tog fat om hans hånd og førte ham igennem huset og ind i samtalekøkkenet, hvor en lyshåret kvinde stod og lavede mad. - *Mor,* sagde Freja afventende, og kvinden tørrede duggen væk fra glasset i de store briller og kiggede over på kæresteparret. Et smil bredte sig på hendes læber.

- *Hej med jer. Nå, det må være Simon,* sagde hun og gik over imod dem. Simon rakte hånden ud, men den blev med det samme fejet væk og udskiftet med et kram. - *Det er så dejligt endelig at møde dig. Freja har snakket så meget om dig.* Simon blev paf af ordene fra moren, men nåede ikke at sige noget, før vandet rendte over fra gryden, og hun vendte tilbage til øen i midten af rummet og kæmpede med bølgerne, der skyllede ned

fra kartoffelvandet. - *Freja, Thomas sidder inde i stuen.*
Hun nikkede og klemte hårdere om hans hånd, mens
hun trak ham videre ind til faren, der sad med ryggen
til døren.

- *Far,* sagde hun forsigtigt, og stolen drejede om imod
dem. Langsomt kom ansigtet til syne bag cigarrøgen, og
han sank den brune alkohol og stillede glasset på
gulvet.

- *Hej,* sagde han og iagttagede Simon, mens han
analyserede hver eneste centimeter af hans krop. Så
rejste han sig og gik over til ham. Han rakte hånden ud
til ham og gav ham et fast håndtryk, mens han
stirrende fastholdt øjenkontakt for at fremprovokere
enhver form for usikkerhed holdt tilbage. - *Så det er
Simon, ja. Jeg hedder Thomas. Jeg er Frejas far.*

- *Goddag,* sagde Simon mens han forsøgte at fange
Freja ud af øjenkrogen.

- *Drikker du?* spurgte han næsten hypotetisk, mens
han pegede Freja imod retningen af barskabet, og hun
kom tilbage med et lavt glas, som hun forsigtigt forsøgte
at hælde cognac i. Hun gav Simon glasset, som
væmmedes bare ved lugten af den stærke spiritus, der
fyldte hans næsebor. Selvfølgelig drak han. Der var ikke
det, han ikke var fuld af.

De spiste til lyden af Thomas' enetale uden rigtigt at
høre efter, som når man spiste til lyden af fjernsynet
vise genudsendelser som baggrundsstøj. Nogle gange

var man nødt til at smile og nikke, efterfulgt af memorerede, generiske linjer, tilpasset til enhver situation.

- *Freja går meget op i sine studier. Det betyder meget for hende at gøre det godt i skolen. Hvor har du læst?*
- *Jamen, jeg har faktisk lige læst på universitet i Bristol. Jeg har en kandidat i engelsk litteratur.*
- *Nå da, det lyder fornemt; men hvis man har studeret udenlands og alting, så må man jo virkelig være ekspert på sit felt. Langt bedre end ham Jakob, der var der sidste år.*
- *I kender også Jakob, eller?*
- *Ja, vi har da været til skolehjemsamtale.*
- *Ja, selvfølgelig. Det er klart.*
- *Men hvordan går det så med Freja? Jakob siger, at hun er dygtig.*
- *Freja er formidabel. Hun burde jo få 15, selvom skalaen kun går til 12.* Han kiggede over på Freja og smilte, og hun smilte igen. Han lagde sin hånd på hendes lår.
- *Okay. Det lyder dejligt. Simpelthen topkarakterer?*
- *Det kan du bande på. Hun er så dygtig. Både skriftligt og mundtligt.* Smilet på Thomas' læber forsvandt. Blikket flakkede mellem de unge mennesker.
- *Er det en joke? Mundtligt? Som i... Altså... Har I...*
- *Nej, far, det har vi ikke. Man får både en mundtlig og en skriftlig karakter.*

- Godt så. Det har vi snakket om. Simon kiggede uforstående rundt.

- Undskyld, hvad er det I har snakket om?

- Ja, at man venter. Du ved, til at man er sikker på, at man har fundet den rigtige. Man deler jo ikke bare ud af sig selv på den måde.

Kvinderne tog af bordet og efterlod mændene siddende tilbage. Thomas åbnede en flaskeøl og hældte op, tilpas usikkert så den skummede over og efterlod en våd plet på den hvide dug. Så sippede ham skummet i forsøget på at redde det resterende, og drak så af det beduggede glas. Efterfølgende blev glasset stillet tilbage på den våde ring af spildt øl.

- Jeg er ikke idiot, Simon.

- Det mistænker jeg dig heller ikke for at være.

- Jeg ved jo godt, at du går og knepper min datter. Hun skal nok lære af sine fejl, men så længe hun er glad og tilfreds, så er der ikke noget jeg kan gøre.

- Jeg passer godt på hende.

- Det håber jeg krafteddermame for dig. Når man vælger at være sammen med en, som næsten lige har været et barn, så forventer jeg også, at du er den voksne. Simon nikkede. *- Og jeg kan garantere dig for, at hvis du nogensinde gør hende ked af det, hvis du nogensinde skuffer hende eller sårer hende, eller hvis du nogensinde så meget som tænker på en anden kvinde, så skal jeg*

personligt sørge for, at det sidste du bliver forfatter til,
det er din egen dødsannonce i Folkebladet.

- Jeg er ked af, hvis du havde en dårlig aften med mine
forældre, sagde hun og forsøgte at tø ham op med sine
varme, kærlige øjne. Hun aede hans hånd og skabte
langsomt liv i hans livløse krop. Han kiggede op på
hende. Han kunne ikke undgå at smile tilbage til
hende.

- Jeg vil gøre alt for dig, Freja, sagde han stille.

- Alt? spurgte hun. *- Hvorfor?*

- Du er alt hvad jeg vil have, for du er alt det, jeg ikke er.

20

Han var mødt i god tid, men det betød ingenting.
Hestehalen var leder for prøven, og han kom når det
passede ham. Han var typen, der hellere ville kaste sine
undersåtter direkte i ilden og se dem kæmpe sig selv til
døde, i stedet for at give dem deres våben, så de havde
muligheden for at kæmpe til døden skulle adskille dem
fra deres fjender. Han briefede dem fra øen af borde i
midten af hallen, som sad de i en helikopter over den
tætte jungle og ventede på at blive hejst ned i krig. Så
trådte han væk fra gruppen og lod sin hæse ryst
overdøve den nervøse stemning i rummet: - *I er ikke alle
i den samme båd, men I er i den samme storm. Nogen af
jer har tømmerflåder, andre har robåde, og nogen af jer
har endda store skibe klar til at føre jer igennem og ride
den af. Der er også nogen af jer, som drukner og kæmper
for at holde hovedet over vand. Jeg vil ikke love jer, at
alle kommer helskindet igennem stormen, men mærk jer
mine ord når jeg siger følgende til jer: Ro, for satan, ro.*
Hestehalen kiggede ud på dem og indsnusede deres
angst. Så tog han et sidste kig rundt på dem, inden han
lod sine ord slå gnister: - *Prøven er startet.*

- *Der var for meget snak i dit område,* sagde Hestehalen
og pakkede sin taske. Prøven var endelig ovre, og nu
ventede Simon bare på at komme væk fra alting.
- *Hvad mener du?* spurgte Simon og kiggede forvirret på

ham.

- Der var uro under dit opsyn. Det er noget du er nødt til at gøre noget ved fremadrettet. Havde det været en rigtig prøve, havde du ikke bare kostet nogle elever deres eksamen, men du havde også sat dig selv ud af spil ved ikke at gøre dit arbejde. Det skal du gøre bedre fremadrettet. Han svingede tasken om på ryggen og gik uden at sige mere. Simon så forvirret mod ham mens han forlod hallen, men gik så i gang med at samle opgaver ind mens han bandede for sig selv. Han tog sig selv i at høre ekkoet gennem hallen af hviskende gloser rettet mod himlen og sænkede sin stemme til, han kun kunne høre sine fodskridt og lyden af papir, som blev gnedet mod hinanden. Han stoppede op ved et bord, som til hans overraskelse ikke var blevet tømt for værdier. Selvfølgelig var bordet mærket i sodavandspletter og tomt slikpapir, men mellem delelementerne fra en almen terminsprøve lå også noget, som skinnede i lyset fra hallampen, som bragede igennem skyggen fra Simons tunge krop. Den var ikke til at overse. Han lagde opgaverne og tog den skinnende genstand frem. Det lignede en nøgle. Han stod og iagttagede den, mærkede dens kanter imellem fingrene på ham. Hvad var det, og hvorfor lå den der? Han opfangede så den gyldne belægning i bunden og indså hvad det var, han stod med. Det var et USB-stik. Han så ned på sedlen i hjørnet af bordet, og udåndede i en

blanding af lettelse og skuffelse, da han så navnet: Filip. Havde han snydt til sin prøve? Igen bragede lyden af fodskridt ind i hallen, og Simon vendte sig mod udgangen, hvor Hestehalen igen var trådt ind i lokalet. Tankerne eksploderede i hovedet på Simon. Skulle han fortælle ham, hvad han havde fundet? Ville han endelig forstå, hvad det var, han havde forsøgt at fortælle ham? At Filip ikke var til at stole på? Eller ville han igen forsvare ham, tage USB-stikket og fjerne alle beviser? Han havde et splitsekund til at beslutte sig for sit næste træk.

- *Har du ikke forstået noget overhovedet?* råbte han mens han gik over mod Simon. - *Få nu samlet de opgaver sammen og aflever dem!* Simon fik øjenkontakt og fastholdt Hestehalens iskolde øjne mens han forsigtigt lagde USB-stikket i lommen. - *Hvad står du og hænger for?* var Hestehalens næste anklage.

- *Der er ikke ryddet op på bordet,* svarede Simon lavmeldt.

- *Hvad skal jeg bruge det til? Så ryd dog op i stedet for.* Han tog stakken af opgaver op, og fortsatte hvor Simon slap. Simon så efter ham, men sagde ingenting. I stedet følte han sig som en ravn, der havde fundet en skinnende mønt i mængden af skrald og ligegyldighed, og han mærkede hvordan USB-stikket brændte i lommen på ham; ikke mindst fordi han havde gjort det rigtige.

21

Han ringede desperat på dørtelefonen. Han var usikker
på om det var på grund af den manglende søvn, men
var sikker på, at han havde brug for at snakke med
nogen om det. Efter fejlslagne forsøg gik han tilbage til
fortovet og råbte op mod vinduet. Han så rundt på de
forbipasserende ansigter, men kunne ikke spilde sin tid
på at bekymre sig om, hvad de tænkte om ham. Endelig
åbnede vinduet sig oppe over ham, og Alvina stak
hovedet ud til ham.

- *Simon, hvad laver du?* råbte hun forvirret ned til ham.

- *Har du tid til at snakke?* råbte han tilbage til hende.

- *Ja, selvfølgelig. Vent lige to minutter, så lukker jeg dig
ind!* Hun nåede ikke at sige mere efter hun havde åbnet
døren. Han var allerede trådt ind i lejligheden og gik nu
rundt i cirkler i stuen mens han mumlede ting for sig
selv. - *Ej, Simon, hvad sker der dog?* spurgte hun
bekymret.

- *Jeg har altså virkelig brug for at snakke med dig,*
svarede han mens han fortsatte med at grave sig
længere ned i sin rute langs stuegulvet.

- *Altså, når alt brænder omkring dig, hvem kan du så
egentlig regne med?* Han stoppede op og stod
paralyseret og så på hende mens hun rev ham fra
hinanden. - *Okay, ro på, det er bare en talemåde.
Selvfølgelig vil jeg snakke. Hvad sker der?*

- *Kan vi sætte os?* spurgte han og pegede på den grå sofa, der knap nok havde plads til to. Hun nikkede og satte sig, og efter lidt fulgte han trop. Han tog en dyb indånding og så på hende. - *Jeg har brug for, at du siger noget konkret og præcist til det jeg siger nu, for ellers risikerer jeg, at det hele forbliver i sådan en gråzone, hvor ingen ved hvad der er rigtigt eller forkert, og så er der nogen, der mister sig selv i det.*

- *Ja, selvfølgelig.*

- *Okay... Så... Sagen er den... At... Jeg måske nok er ved at blive en smule forelsket i en pige. For ikke at sige helt vildt forelsket. Problemet er så, at jeg er så sindssygt meget i tvivl om, hvorvidt vores relation tillader os at have et egentligt forhold. Jeg ved ikke, om jeg kan tillade mig at jagte noget i den position jeg står i, og jeg ved ikke, hvordan omverdenen vil reagere på det. Måske skulle jeg bare være ligeglad. Jeg mener; hvad har jeg at miste? Der er vel ikke noget der er værre at miste, end en pige jeg er hovedkulds fortabt i? Burde kærligheden ikke altid vægte højest? Altså, der er jo ikke...* Hun lagde en finger på hans læber og tyssede på ham.

- *Simon, jeg ved ikke helt hvad jeg skal sige. Jo, jeg kan da også godt mærke, at vi har kemi, men jeg tror måske også bare, at du er lidt længere i det her end jeg er. Jeg vil gerne bruge mere tid på at udforske det vi har, og hvad vi på sigt kan få. Det vil jeg altså gerne. Men det tager tid. Den må du love, at du giver mig. Vi tager et skridt ad gangen og ser hvor langt det tager os.*

- Jeg tror altså ikke helt, at du forstår, afbrød han og gjorde sig klar igen.

- Jeg er sikker på, at jeg forstår, Simon. Tro mig. Jeg ved godt, at du havde håbet på et andet svar, men jeg holder for meget af dig til at lyve for dig; og jeg håber, at du vil give mig chancen for at komme til at holde endnu mere af dig. Men det kræver, at du giver mig tid. Hun kyssede ham på kinden og lagde sine hænder på hans knæ. De blev lagt på ham som tremmerne i det fængsel, som var hendes verden. Hun forstod det ikke. Og nu ville hun aldrig komme til at forstå det.

Han så længe på tallene mens han nærlæste og analyserede nummeret ciffer for ciffer. Nu havde han endeligt taget mod til sig, så han skulle ikke risikere en fejlmelding, der kunne slå ham ud af kurs. Han lagde tommelfingeren på den grønne knap og tog telefonen op til øret. Så lyttede han til tonen, der momentvis gjorde ham mere og mere usikker.

- Det er Andreas, lød det endelig i den anden ende af røret, en stemme der hev Simon tilbage til virkeligheden.

- Det er Simon, sagde han forsigtigt.

- Hej brormand, hvad så?

- Har du travlt?

- Altså, en smule men...

- Jeg kan godt ringe tilbage senere så?

104

- *Nej, husk nu hvad far altid har sagt, hvis man ringer, så må det være vigtigt. Hvad sker der?*

- *Jeg er nødt til at spørge dig om noget, og jeg ved ikke...*

- *Vent lige, Simon, jeg finder lige et mere roligt lokale.*

Stemmen forsvandt og en ubehagelig stilhed overtog hans øregange som en smertende tinnitus, der kun kunne brydes af hans brors røst.

- *Så er jeg her. Hvad siger du så?*

- *Jeg har brug for et råd, og jeg ved ikke helt hvor jeg skal starte...*

- *Du skal ikke pakke tingene ind, Simon. Lige på og hårdt, hvad sker der? Jeg er her.*

- *De ringede i sommers fra universitet. Der var nogle tekniske fejl omkring min opgave. Den blev ikke godkendt. Jeg har ikke min kandidat.*

- *Okay? Hold da kæft. Er det seriøst?*

- *Ja.*

- *Men hvis det drejede sig om tekniske fejl, hvorfor fik du så ikke bare ordnet det?*

- *Jeg var nødt til at rejse tilbage, og jeg havde ikke pengene. Jeg havde også lovet Jakob og skolen, at jeg ville træde til for ham, og... Ja, jeg kunne bare ikke.*

- *For fanden, Simon. Hvorfor har du ikke sagt noget?*

- *Jeg ved det ikke... Jeg tror, at jeg har været bange for folks reaktion omkring det hele.*

- *Jeg forstår. Hvad skal der så ske nu?*

- *Jeg kan få lov til at aflevere en ny opgave til sommer.*

Det vil kræve, at jeg tager tilbage på et tidspunkt, men lige nu er jeg på standby.

- Okay, så der er ikke sket noget alvorligt?

- Jeg har jo taget et job som jeg ikke er kvalificeret til?

- Hvad snakker du om? Fordi du ikke har et stykke papir der står kandidat på? Du har vel arbejdet der indtil nu, og det er gået fint?

- Jo, men hvis de finder ud af det, så ryger jeg jo ud på røv og albuer. Jeg føler jeg er "dead man walking", og det kun er et spørgsmål om tid.

- Simon, hvis ikke de har gennemskuet dig på nuværende tidspunkt, så har jeg svært ved at se, hvordan de skal komme til det. De mangler sikkert et bevis af en slags, men det får vi fikset sammen. Jeg hjælper dig. Du skal koncentrere dig om at gøre dit arbejde nu. Det her handler ikke om dig. Det handler om de unge mennesker, du har et ansvar for. Hvad er det vigtigste, når man skal lede får?

- Lede får? Det ved jeg ikke. Have et overblik over flokken? Kende landskabet?

- Det er at vide hvilket retning, du skal lede dem. Fokusér på din opgave.

- Er du sikker på, at jeg kan klare det?

- Hvis nogen tilbyder dig en fantastisk mulighed, men du er usikker på hvorvidt du kan klare det, så sig ja; og lær hvordan du klarer det senere.

- Mener du det?

- Richard Branson mener det, og han har da klaret det ganske udmærket.

22

Han havde rullet gardinerne ud mod hovedgaden ned.
Det var ikke til at vide, hvem der så ham over
skulderen, og verden var ikke længere til at stole på.
Selvom man var paranoid, kunne man godt blive
forfulgt, men denne gang havde Simon ikke lyst til at
tage nogen chancer. Han følte sig nærmest kriminel, og
selvom han igen og igen forsøgte at fortælle sig selv, at
han gjorde det rigtige ved at nå til bunds i Filips
gerninger ved terminsprøven, så var det svært at lade
sig overbevise af noget, som var stik imod resten af
verdens overbevisning. Man var uskyldig, indtil det
modsatte var bevist, men han var ikke i tvivl om, at
Filip havde snydt, og han skulle nok bevise overfor alle
de andre, at det var ham som havde ret, og alle de
andre som tog fejl. Mens han sad med USB-stikket i
hånden, kunne man mærke glæden boble inde i ham,
glæden ved den undskyldning han snart skulle
modtage fra Hestehalen, som blindt havde forsvaret den
uvorne skarnsunge alt, alt for længe. Sandheden skulle
frem, og sandheden skulle vinde. Vinde over alle de
personlige og politiske dagsordner, der ellers havde
manifesteret sig indenfor de grå mure på Katedralen.
Han satte stikket ind i computeren foran sig, men i
stedet for skærmen blev han optaget af det røde lys fra
stikket, som nu blinkede i en form for morsekode. Var

det nu også rigtigt, det han havde gang i? Et nyt vindue poppede op på skærmen, og hans øjne søgte det hvide lys og de gule mapper der var foran ham. Han talte ikke hver enkelt, men lavede nedslag imellem dem. Hver mappe havde et årstal, som ikke sagde ham noget andet end tallene som de var. Han forsøgte at huske tilbage på begivenheder for de år der optagede ham, men forvirringen over dem fjernede fokus fra nogensinde at grave noget enkeltstående af værdi op fra gemmerne i hans bevidsthed. Enkelte steder manglede et årstal, så det kunne være svært at finde en start og en slutning. Han tog et tilfældigt år. 1999. Igen var der mange mapper, men i stedet for årstal havde navnene på mapperne nu skiftet kategori. Der var en mappe med navnet "SUPERLIGA" stavet med versaler, og uden den store viden var det let at aflæse, at der var en form for rangering mellem mapperne i toppen ned til bunden, som alt andet lige var indrammet af varemærkningen "Serie 6". Det kunne han trods alt genkende fra mennesker, han engang kaldte sine venner. De spillede i serie 5 eller 6 i den lokale fodboldklub, i hvert fald som han huskede det. Om de gjorde det for at spille fodbold eller have en undskyldning for at drikke øl, havde han ikke forstand på, men der var oftere snak om, hvor mange øl de havde drukket, end hvor mange mål de havde scoret. Han klikkede ind på Superligaen og blev igen mødt af noget, som ikke harmonerede med de forrige titler. Der var mange mapper. Han markerede dem alle for at få tælling, men vendte hovedet i afsky da han så tallet. Det var nærmest uvirkeligt. Alle mapperne havde et navn, som korresponderede med indholdet af dem. Camilla. Victoria. Rikke. Olivia. Anne. Malene. Frederikke. Klara. Simone. Han tog et tilfældigt navn og klikkede sig ind. Bare det at udvælge navnet føltes perverst for ham. Det var så nemt. Han kom ind til billederne. Igen markerede han dem og fik tælling. Så tog han et nyt navn. Gjorde det samme. Denne gang var der også en video mellem de mange billeder. Sådan fortsatte han, navn efter navn, liga efter liga, årstal efter årstal, og da han endelig blev kvalmende mæt af de uendeligt mange indtryk, lukkede han computeren sammen og lukkede øjnene kun for at se, hvad han forestillede sig fabriksarbejdere hos Carlsberg så, når endelig de havde fri; nemlig de rullende bånd af tomme flasker i stride strømme, som passerede foran hans øjne som et godstog, vogn efter vogn. Det var billede efter billede af letpåklædte kvinder, fordi han ikke turde at blive på dem, hvor de var helt nøgne.

Han sad i stilhed og stirrede ud i luften. USB-stikket blinkede stadig som det eneste lys, der brændte sig ind på siden af ansigtet på ham. Til sidst rejste han sig op og løb ud på badeværelset for at vaske sit ansigt i håbet om, at lyset ikke havde mærket hans hud. Selvfølgelig havde det ikke det. Kun hans sjæl.

Han havde kigget på ham ved enhver lejlighed. Stirret ind i hans sjæl og bildt sig selv ind, at han kunne lede efter anger... Havde øjne kunnet dræbe, havde blodet flydt på de menneskefyldte gange. Pludselig kunne han kende navnene på folk, han aldrig havde snakket med, kun fordi han havde set dem i deres allermest sårbare position. De vidste det bare ikke selv. Endelig fik han modet og tog en dyb indånding. - *Filip!* råbte han og afventede en reaktion. Filip vendte sig om og fik øjenkontakt med ham. - *Kom forbi lærerværelset inden du går hjem i dag!*
- *Hvorfor, Simon? Skal du have hjælp til din undervisning?* grinede han tilbage og lavede et håndtegn til en kammerat, som på trods af Simons alder alligevel var for "ungt" til, at han kunne forstå det. Simon gav ham fingeren mens han traskede videre og kunne kun forestille sig kammeraterne håne Filip for den hilsen, han havde fået skudt tilbage.

Han bankede på og stod i døråbningen, og Simon løftede blikket fra computerskærmen og så op på ham.
- *Hvad vil du?* spurgte Filip irriteret.
- *Sæt dig,* snerrede Simon tilbage og fastholdt blikket på ham mens han gik over til stolen overfor og satte sig ned.

- *Det var bare for sjov, jo. Kan du ikke tage en fucking joke?*

- *Det handler ikke om dine dårlige vittigheder, Filip.* Han greb ned i lommen og knugede om USB-stikket. Han lagde den knyttede hånd på bordet og vendte den om. Så åbnede han den mens han stirrede på Filips øjne der skiftede retning og brændte sig fast på hånden.

- *Hv-hvor har du den fra?* fremstammede han nervøst og forsøgte at få styr på sit åndedræt.

- *Det er lige meget hvor jeg har den fra. Spørgsmålet er hvad fanden det er, og hvor fanden du har den fra?* Han greb ud efter den, men Simon greb om hans håndled som en klapperslange, der huggede ud efter sit bytte og fastholdt ham mens han puttede den anden hånd tilbage i lommen.

- *Du kan ikke bevise, at det er min!* udbrød Filip og vristede sig fri fra Simons greb.

- *Det er meget muligt, men det er heller ikke det jeg er interesseret i. Du skal bare svare mig på, hvad fanden det er, og hvorfor jeg fandt den på dit bord efter terminsprøven?* Filip kiggede på ham, men havde svært ved at fastholde øjenkontakt. Det var ikke til at sige om han skammede sig; det gjorde han nok ikke; men han havde nok aldrig prøvet at blive forholdt så alvorlig en anklage. Han kiggede ud i luften og overvejede sine ord varsomt. Så kiggede han tilbage på Simon.

- *Kom forbi mig i morgen aften. Så skal jeg nok fortælle*

det hele.

- Hvorfor skulle jeg stole på dig?

- Det er du nødt til. Lige nu er det dig der har USB'en. Det er dig, der kan miste alt, hvis det bliver opdaget. Du er bare heldig med, at jeg gerne vil have den tilbage. Så... Kom forbi i morgen aften og tag den med. Så skal jeg nok fortælle dig alt. Simons blik flakkede mellem øjnene på Filip i forsøget på at aflæse, hvad det var, han mente. Pludselig var han blevet så rolig omkring det hele.

- Hvordan kan du vide, at jeg ikke går til politiet? fortsatte Simon med en alvorlig tone.

- Med hvad dog? Du er gymnasielærer med en USB-pind fuld af nøgenbilleder af byens piger. Du må da være skør, hvis du tror, at du har overhånden lige nu. Du skal være glad for, at jeg ikke går til politiet. Du kan ikke bevise noget, og du holder også bomben mellem dine hænder. Han rejste sig fra stolen og gik over mod døren. Han vendte sig og så på Simon, der havde mistet pusten fra en verbal mavepuster, han ikke havde haft chance for at forsvare sig imod. *- Du er med i gruppen nu, Simon. Vær dit ansvar voksent.*

23

Det mest angstprovokerende han kunne forestille sig, var at blive far. Det var en tankegang, han på ingen måde kunne vride sine tanker omkring. At skulle påtage sig ansvaret overfor et andet menneske, et menneske som ikke engang havde bedt om sin plads i verden. Tænk at påtage sig sådan en byrde. Tænk at pålægge sig sådan en vægt på sine skuldre. Det virkede absurd for ham. Når han fik de tanker, kunne han ikke lade være med at overføre tvivlen til sin egen beslutning om at overtage Jakobs rolle som gymnasielærer, hvor han på trods af Jakobs hentydninger, stadig havde et ansvar overfor klassen. Måske var han ikke deres far, men hvis ikke han skulle forestille sig at være en faderfigur, så skulle han i det mindste forsøge at være en rollemodel. Det skræmte ham. Han kunne se frygten i sit spejlbillede, mens han stod og svajede i takt med sin vejrtrækning over vasken. Han dansede tæt med kvalmen og forsøgte at holde den væk med dybe indåndinger og tale til sig selv i tredjeperson. "Det skal nok gå, Simon".

- *Er du okay?* spurgte Karen ham da han trådte ud på gangen. Han nikkede og kunne med det samme mærke skuldrene falde ned. - *Gert sidder derinde. De første kommer lige om lidt. Skal vi gå derind?*

"VAGTERNE KOMMER!". Det var to bank og et spark på døren, og så vidste alle hvad der var ved at ske. Hvis ikke man hørte råbet, skulle man være opmærksom på døren. Han var aldrig blevet fortalt det, men havde oplevet det på egen hånd, da døren var gået op, og de var trådt ind i lokalet. Det var hans eneste advarsel i tiden på universitet. Man lærte af sine fejl. Det var af samme grund, at der blev gemt vodka i vandflasker eller kamufleret hvidvin i kander med citron eller agurk. Nogle havde tømt juicekartoner og hældt øl i dem. Det var han dog ikke nået til. Alkohol var bandlyst på værelserne. Efter ransagningen var han trådt ud i fællesområdet, og han så en af vagterne tale til en pige, som han ikke havde lagt mærke til før. Hun havde sort, fedtet hår og en lang læderjakke, som hang ned til lårene på hende. Hun snøvlede sig igennem sin tykke accent, og forsøgte at fastholde øjenkontakt for at overbevise ham om, at hun ikke var påvirket. Om han forstod lige så lidt som Simon, vidste han ikke, men hun slap igennem. Simon gik over til hende. Han kiggede på hende, og hun nikkede: - *Fake it 'til you make it.*

De forlod lokalet, og Karen kiggede ned i papirerne mens Gert hældte et glas vand op.
- *Så mangler vi kun Freja,* sagde Karen og smilte. *-Det burde ikke tage så lang tid.* Hun kiggede på Simon, som forsøgte at smile tilbage og holde øjenkontakt for at

115

skjule, at der ikke var mere i det end, hvad hun selv havde sagt. Det bankede på døren, og Freja stak hovedet ind.

- *Er I klar?* spurgte hun, og Karen vinkede hende ind. Så trådte hun ind i lokalet og satte sig ned overfor dem.

- *Hvor er dine forældre henne?* spurgte Karen forvirret.

- *De kunne ikke komme,* forklarede Freja og trak på skuldrene. - *Men det er vel også mig det handler om?*

Det var det. Det havde det altid været. Karen kiggede fortvivlet på de andre, men tog en dyb indånding. Så gennemgik de deres fag med hende, og til sidst rejste hun sig op og takkede dem, inden hun forlod lokalet igen. Lige så snart hun var kommet, var hun allerede væk igen. Præcist som hun ville have det.

Freja stod ved cyklen da Simon fangede hende. Han var forpustet, men hun smilede til ham og lod ham fange sit vejr igen.

- *Du var god,* sagde hun og grinte. - *Man skulle næsten tro, at du havde prøvet det før.*

- *Tak,* sagde han. - *Jeg synes også, at du var god.* Så kiggede de på hinanden og smilte som ingen af dem havde prøvet at smile før. Det var følelsen af at have sluppet afsted med en forbrydelse. - *Skal vi ses...* begyndte han, inden han opdagede Frejas øjne, som stirrede på Karen og Gert, hvis fodtrin blev tydeligere bag dem. Karen lagde en hånd på hans skulder.

- *Vi ses i morgen,* sagde hun og smilte. Så vinkede hun

116

til Freja og gik.

- ... *til lektiecafé i morgen efter time?* fortsatte han højere, og da de igen var alene, kiggede de på hinanden og udbrød i latter. Det var tydeligt, at de var sluppet afsted med det.

- *Det kan vi da godt,* svarede hun og gik trak cyklen over til ham. - *Er der noget jeg skal øve mig på inden?* Hun førte hånden ned og tog fat om skridtet på ham. Han sank. Så gav hun ham et klem, og han fortsatte med at trække vejret.

- *Skal du noget i aften?* spurgte han.

- *Ja, jeg er på vej om til Matilde. Vi har faktisk en opgave for til i morgen.* Han så skuffet på hende, men hun gav ham et skævt smil og trak på skuldrene.

- *Det er okay,* sagde han så og smed tasken om på ryggen. De fulgte hinanden ud af skolegården. Så stoppede de og skulle til at gå hver til sit. Hun kyssede ham på kinden og satte sig op på cyklen. - *Er alting okay derhjemme?* spurgte han så forsigtigt. Hun kiggede uforstående på ham.

- *Hvorfor?* spurgte hun.

- *Siden ingen af dem var her sammen med dig?*

- *Jeg ved ikke hvad de laver. Kan det ikke også være lige meget? Det var jo mig det handlede om. Jeg er voksen nok til at kunne klare det alene, og så må de jo være voksne nok til møde op, hvis de synes det er vigtigt.*

Det kan ikke være mit ansvar. Det havde hun måske ret
i.

Han talte sekunderne mellem sine vejrtrækninger mens
han nærmede sig huset. Han var ikke usikker på om at
skulle gøre noget, men nervøs for at være havnet i den
situation. Han var ikke overbevist om, hvorvidt hun
mente det ikke betød noget, men han kunne mærke
tvivlen vokse sig større inde i ham. Det skadede jo ikke
at tage forbi og høre dem ad. Det viste også, at han
bekymrede sig for deres datter, og dét, kunne i hvert
fald ikke være et dårligt tegn.

Indkørslen var tom, men lydbilledet af villavejen var
fyldt med alt det, som fik hans puls til at falde på den
rigtige måde. Det føltes alt sammen som det skulle.
Han mærkede hvordan bekymringen inde i hans krop
forsvandt med fodskridtene op mod hoveddøren. Der
var sikkert ingen hjemme. De havde andre planer,
sådan som voksne mennesker nogle gange havde, og
derfor var der ingenting at komme efter. Alligevel
ringede han på dørklokken. Så stod han og ventede.
Han kiggede omkring sig, men der var ikke en sjæl at få
øje på. Han bankede på for en sikkerheds skyld, ikke
mindst for at overbevise sig selv om, at han havde gjort
alt det han kunne. Så vendte han om og gik ned ad
indkørslen, med hænderne i lommen og næsen i sky.
Det så ud til at trække op til regn. Så åbnede døren bag

ham, og han stoppede op til lyden af sit navn. Han vendte sig om og så Thomas i døråbningen. Han var iført en krøllet skjorte, som var den grebet ud af en vasketøjskurv på vejen ud til døren. Han lagde mærke til rødvinspletterne på vej op mod ham, men forsøgte ellers at holde øjenkontakt med ham.

- *Hvad laver du her?* spurgte han intimiderende og forsøgte at nedstirre Simon.

- *Freja var til skole-hjem-samtale i dag. Hun var der, og skolen var der. Vi manglede bare hjemmet.*

- *Hvad? Det har vi ikke fået noget at vide om. Hvornår er der blevet indkaldt til det?*

- *Det er nogle uger siden de skulle hjem og booke tid sammen med forældrene. Har Freja ikke snakket om det?* Han kiggede forvirret på ham og rystede på hovedet. - *Er Therese hjemme?* fortsatte Simon. Thomas kiggede ind, men rystede derefter på hovedet. - *Jeg synes du skal snakke med Freja om det. Bare for lige at høre hvad der er gået galt.* Thomas nikkede.

- *Jeg skal nok få snakket med hende,* sagde han og virkede taknemmelig. Så vendte Simon sig og gjorde sig klar til at gå. Det var lige indtil der igen var stemmer inde fra huset. Han vendte sig og så en kvinde træde ud i gangen. Hun var iført en hvid t-shirt og trusser. T-shirten kunne ikke være hendes egen, og han var heller ikke overbevist om, at trusserne var. Han havde dog ikke lyst til at tænke på Therese i så små underdele.

119

- Der er nogen der mangler dig, sagde Simon og vendte om igen. Så begyndte han at gå, mens han forsøgte at holde stemmerne ude af sit hoved. Han fortsatte ned ad indkørslen, men sansede ikke Thomas komme farende før han greb fat i ham og drejede ham om imod sig.

- Du skal ikke fortælle Freja noget om det her! Forstår du det? Der er ingen der skal vide noget om det her! Simon frøs i panik og kunne ikke få et ord ud. Det frustrerede Thomas endnu mere. *- Simon, du kan smadre en familie hvis nogen får det her at vide! Du skal love mig, at ingen finder ud af det!* Simon kom til sig selv og nikkede i frygt for hvad der ville ske. Han følte, at han ikke havde andet valg. Så slap Thomas sit greb om ham. *- Du er også glad for Freja, ikke? Tænk hvis nogen skulle finde ud af noget om jer to. Det ville heller ikke være så godt.*

- Simon, må jeg lige spørge dig om noget? Hun virkede overbevisende, og han nikkede mens han pakkede sin taske sammen. Hun stod afventende mens de sidste elever forlod lokalet, og så lukkede døren ind til dem. Hun satte sig op på katederet og lagde armene om ham. Så kyssede hun ham, længe og intenst, som hun kun kunne gøre det, når de var på skolen i fare for at blive opdaget. Hun smilte til ham og bed sig i læben. *- Skal vi ses i aften?* spurgte hun og kiggede op på ham. Han smilte tilbage til hende, men sukkede så.

- Jeg skal desværre noget i aften, svarede han og slap hende om livet.

- *Hvad skal du da?* sagde hun skuffet og hoppede ned.

- *Jeg har noget arbejde jeg lige skal have styr på.* Hun tog fat om hans hænder og førte dem tilbage på hendes krop.

- *Vil du ikke hellere arbejde videre på min krop? Den trænger til, at nogen virkelig tager fat i den.* Hun kyssede ham igen.

- *Tro mig, der er ikke noget jeg hellere vil, men…* sagde han og forsøgte at dulme hendes skuffelse.

- *Nå, men så må jeg jo bare finde på noget andet* sagde hun og vendte sig mod døren.

- *Apropos…* sagde han så. Hun vendte sig om mod ham.

- *Apropos hvad?*

- *Apropos… Apropos ingenting. Men jeg vil gerne spørge dig om noget.*

- *Hvad?*

- *Er det rigtigt, at der findes en mappe med… Du ved… Billeder af folk… Her fra byen? Jeg har overhørt nogle drenge fra 3.G snakke om det. Passer det virkelig?*

- *Mener du "SlotsMappen"?*

- *Måske?*

- *Altså en mappe med pikante billeder af piger fra byen? Den findes ikke mere.*

- *Gør den ikke?*

- *Nej. Den var oppe igen for nogle år tilbage. Der kom en del fængselsdomme ud af det, især inde hos*

fodboldklubben. Der var lige en talentfuld årgang, som
smadrede deres karrierer ved at være en del af det. De
havde jo nemt ved at få pigerne til at sende udfordrende
billeder af sig selv. Da de først blev taget, blev der
virkelig gjort en indsats mod den. Desuden, så tror jeg
pigerne lærte af det at holde igen med at udstille sig selv
sådan, og jeg tror også, at drengene lærte at holde det
for sig selv, så der faktisk stadig var nogle piger, der
kunne finde på det. Det handler om respekt for
hinanden.

- Så det er helt slut?

- Jeg er sikker på, at man stadig sender nøgenbilleder
rundt, men det er ikke systematisk længere. Det tør man
ikke. Det er også dejligt at kunne sende noget til sin
kæreste, og man håber også på, at de holder det for sig
selv, men man lærte noget af det dengang. Hvorfor
spørger du?

- Nå, jeg havde bare hørt noget om det... Hun gik over til
ham og kiggede ham i øjnene. Han frygtede, at hun så
igennem ham, og han bemærkede hendes øjne flakke
mellem hans.

- Det er godt forsøgt og meget sødt, men du får ikke
noget af mig, Simon. Hvis du vil have min krop, så må
du komme og tage mig. Så kyssede hun ham på kinden
og gik over mod døren. Hun klappede sig selv bagi, og
gav ham fingeren inden hun forlod lokalet. Så sad han
der. Grinende for sig selv.

122

24

Han havde taget de snoede sideveje i frygten for at blive
set gå gennem hovedgaden. Han havde kigget sig over
skulderen taktvis med fodskridtene under ham og hans
åndedræt, som han forsøgte at fastholde gennem den
presserende in- og ekshalering. Når lungerne var
tomme, holdt han dem nede, til han ikke længere var i
stand til det. Det gav ham en følelse af at være i kontrol
over noget, hvis ikke evigt, så bare for en stund.

Han ringede på og mærkede spidsen af sin pegefinger
danse på den vibrerende dørklokke, som forsvandt ind i
den lille æske ved siden af hoveddøren. Til sidst blev
han rystet tilbage til virkeligheden, og han gav slip og
afventede modtagelsen. Den kolde vind havde taget fat i
den frosttomme vinternat, og han kunne mærke den
skærende vind tage toppen af de kuldskære, røde ører.
Han orienterede sig omkring ham, men kunne kun få
øje på de nøgne grene, som legede på kanten af at
knække; ligesom hans mod var tæt på at forsvinde. En
skikkelse viste sig bag den matterede glasramme, og
Filip kom til syne i døråbningen.

- *Er du alene?* spurgte han og spejdede omkring. Simon
nikkede nervøst, mere end hvad han havde forestillet
sig, han ville være. Så åbnede han døren op og lod
Simon komme indenfor. Simon tørrede skoene af i
måtten, længe for at tilsidesætte tiden til det han

egentlig var kommet for. De gik ned af gangen og tog et sving til højre, ned ad en smal trappe, som krogede ned til et flisebelagt, hvidt gulv, som kun gav genlyd fra Simon, der havde beholdt sine sko på. Filip stoppede op og kiggede på Simon. - *Er du sikker på, at du vil det her?* spurgte han mens han så Simon i øjnene. Simon sank og nikkede, uden at vide helt hvorfor. Så nikkede Filip og udåndede.

Rummet var oplyst af passerende lys i forskellige farver. De fleste havde de kontrol over, og de som overtog farvelægningen af rummet, kom fra de forbipasserende biler fra hovedgaden. Oftest var det de ting, man ikke var i kontrol over, som fyldte mest. Der var tre andre i lokalet. Unge mænd ville han nok havde kaldt dem, ikke på grund af alderen, men på grund af det de stod for. De vidste vel ikke bedre. Han satte sig ned tættest mod udgangen i en sofa som tydeligt kun havde plads til to personer. Han gned sine svedige håndflader og værdigede dem et kort blik for at huske facaderne til en eventuel politirapport. Han slikkede sig om munden, men af en anden årsag, end de andre ville gøre det. Han havde brug for at kunne tale. Det havde de ikke. Filip satte sig i midten af en ikke-planlagt hestesko og efter en slurk og et pust, klappede han sig selv på lårene og vendte sig mod Simon.

- *Simon er her, fordi han ved hvad vi laver, og fordi han selv ønsker at være en del af det.* Simon kunne ikke genkende det sidste, men accepterede, at Filip havde behov for at give ro til de andre i lokalet. Han nikkede derfor, og kiggede kortvarigt rundt på de andre i lokalet for at se, om de åd hans løgn om, hvorfor han var der.

- *Jeg synes, at du skal gentage præcist, hvad det er vi laver, så alle er enige om hvorfor, vi er her,* sagde en af de andre fyre, mens han gemte sig bag de store solbriller og det duggede glas af alkohol, han tog op til munden. Filip nikkede.

- *Simon, du har set USB'en. Du ved, hvad der er på den. Har du nogen anelse om, hvordan sådan noget bliver til?* Simon rystede på hovedet og lænede sig over mod Filip.

- *Lad mig fortælle dig en historie. Det bliver ikke om mænds fascination af kvinder eller omvendt, for jeg har ingen interesse i at fortælle dig løgne. Tværtimod. Jeg vil gerne fortælle dig, hvordan alting hænger sammen. Ser du, vi er ikke ophavsmænd til noget som helst af det her. Vi forsøger at holde fast i tradition og holde en flamme i live. Ikke så meget for vores egen skyld, men for dem som startede det, og for dem som kommer efter os. Det er vores opgave. Det er det med at finde en mening i alt det her. Noget større. Historien starter hos en liderlig teenager, som tog en telelinse med ned til søen, eller havde et kamera gennem ruden i pigernes omklædningsrum. Han ville fremkalde billederne i familiens bryggers og sælge dem til højstbydende. Da polaroid-kameraet kom, blev hele processen til en stor* omgang "hit and run", hvor man fik en ordre, tog et billede, tog de tæsk der kom ud af det, og blev betalt i penge og hædersmedaljer for det offer, man ellers havde givet til sit fremtidige sociale liv og status. Da internettet kom, fandt man ud af, at man lige så godt kunne lade pigerne gøre det beskidte arbejde. Hvad forhindrede dem i selv at tage billederne og sende dem til os? Vi ville samle dem uden viden, indflydelse og accept, og sætte dem i system og gøre dem til allemandseje. Vi lagde dem på USB'er og solgte til højstbydende. Alle forstod alvoren og ville gerne tjene penge, men også sikre sig en god aften. Da internettet kom, blev delingen lettere, men også farligere. Mange så hurtige penge, men for mange brændte også deres fingre, da der kom fokus på det. Vi mærkede presset udefra, og mange blev taget og fjernet da politiet blev involveret. Du kan godt finde Reddit-tråde med kendte kvinder, men det bidrager ikke til forretningen. Jeg kan godt spille den af til en eller anden Hollywood-stjerne eller en ligegyldig Insta-influencer eller up-coming YouTuber, men jeg er hele tiden ved bevidstheden om, at det er en liga, jeg ikke kommer til at begå mig i. Det kommer aldrig til at ske. Men hvad nu hvis jeg i stedet kan hygge mig med alle vinkler på den lokale tøs nede fra bageren, og som jeg potentielt kan møde en søndag morgen og have en samtale med, som har den mindste snert af "Hun kan li' mig"? Nogen kalder det et pyramidespil. Vi kalder det samfundssind.

126

Vi opdaterer historien, og vi tager vores betaling. Simon
vidste ikke, om han var forarget eller interesseret, men
kunne ikke frembringe et udtryk, som på nogen måde
fortalte, hvordan han havde det.

- *Hvor meget tjener I på det her?* spurgte han nysgerrigt.
- *100 kroner for et brug af en pind. Du må stikke den ind
i din PC, kopiere de ting du vil ned lokalt, og så er den
ude igen. Du siger samtidig ja til at bidrage til Mappen.
Hvis du ikke gør det, og vi finder ud af det, så sender vi
et tæskehold. Det er kun sket én gang, men det har ikke
været nødvendigt med flere gange. Når først man kan
vise billederne og fortælle historien, så forstår folk også
hvad man har gang i, og man forstår alvoren i det. Man
melder tilbage med det samme: "Jeg har gang i hende
her, jeg har fået de her billeder, kan du tilføje dem til
databasen". VI bærer ansvaret, men vi tager også
gevinsten for vores arbejde. Det er 100 kroner for den
enkelte, og det vil de gerne betale for at sikre sig det
sidste nye, og det vil de gerne betale for at leve videre i
deres drømmeverden.* Simon var uden ord. Han så Filip
i øjnene, men så ikke andet end et spejl ind til sin egen
bevidsthed.

- *Hvordan kan man se sig selv i øjnene bagefter?*
spurgte han forsigtigt.
- *Vi har lært af tidligere generationers fejl. Vi holder først
og fremmest alting offline. Det betyder, at vi sikrer en
betaling og en delvis ansvarsfraskrivelse fra, hvad end*

der måtte ske. Selvfølgelig kan vi blive stukket i ryggen, men samtidig kan vi komme af med relativt meget, inden vi selv står for skud. Samtidig har vi en klar ufravigelig regel om, at vi kun tilføjer billeder til Mappen, som er taget efter hendes 18-års fødselsdag. Der sker ikke meget i de tre år fra de bliver "buksemyndige", men vi sikrer os, at der ikke er tale om børneporno, når vi kun bruger den slags billeder, og det kan betyde ALT, hvis vi står i den situation, at vi bliver afsløret. Simon forblev stille. Han kiggede ned i gulvet mens han forestillede sig forskellige scenarier i sit hoved. Der var intet, han kunne gå videre med for at stoppe det. Han havde ingen beviser.

- *Lever man ikke med en form for skam?* spurgte han igen.

- *Vi lever efter et motto om, at "håbe på det bedste, er at håbe intet sker". Vi leder også efter det gode liv, men vi behøver heller ikke at gå med aviser for at føle, at vi gør hvad vi kan. Tror du på, at det er muligt at rejse i tiden, Simon?* Han så overrasket på ham.

- *Jeg holder fast i et håb inde i mig selv* sagde han bestemt. - *Men det betyder ikke, at jeg tror på det.* Filip så tilbage ham med et smørret smil malet over sine læber.

- *Jeg er overbevist om, at du er blevet spurgt om det at rejse tilbage i tiden, og hvad du i så fald ville ændre på?* Han nikkede forsigtigt, men uden helt at vide hvorfor det var kommet op som et samtaleelement. - *Jeg spørger bare; hvorfor rejse tilbage i tiden for at ændre noget nu, hvis du kan gøre noget nu, og så ændre fremtiden i stedet for?* Der var stille. Det eneste som forstyrrede stilheden, var de blinkende lys, der blændede øjnene ved deres fremtræden.

- *Har du kigget i Mappen?* spurgte Filip interesseret. Simon løj og rystede på hovedet. - *Vi har ikke noget på Freja. Og du skal ikke sidde og lyve for mig nu, for man skal være idiot for ikke at se, hvad du har med hende; og jeg kan fortælle dig én ting, og det er, at vi ikke er idioter.*

Simon sank og nikkede modvilligt til Filips ord. - *Du har et valg nu. Enten, så skal vi have indhold på Freja. Hvis ikke, så er vi nødt til at handle på en "outsider", som er en konstant trussel. Valget er dit.*

- *Hvad får jeg ud af det?* spurgte Simon, nærmest insisterende i sit modbud for at acceptere en handel.

- *Ærligt? Ingenting. Alt kan ikke gøres op i penge. Det må du også vide som orlovsvikar. Man er nogle gange nødt til at gøre noget ekstra for at gøre sig bemærket, og gøre sig fortjent til at blive en del af gruppen. Det er det vi beder dig om nu. Du skal nok få din betaling senere.*

Han forsøgte at aflæse hans ansigtsudtryk, men havde mest af alt behov for at se sig selv i spejlet. Det havde han altid haft svært ved.

25

Der var klare fodaftryk i sneen at følge op mod
hovedindgangen, og det gav ham en tryghed i at vide, at
han ikke var den første. Alligevel følte han sig som
Armstrong under månelandingen, og han kunne mærke
spændingen i lyden af den sammenpressede sne under
sine fødder, som han nærmede sig lyden og lyset fra
festen indenfor. Et lille skridt for Simons nutid, men et
stort skridt for Simons fremtid.

Han havde aldrig været til en julefrokost før, som ikke
var i familiens skød. Han havde faktisk aldrig været til
en fest, som ikke omhandlede sin onkels alarmerende
promille og manglende evne til at køre hjem. Ja, faktisk
var han i tvivl om, om han overhovedet havde været til
noget i den boldgade, som ikke var endt ud i en
knytnævekamp mellem familiemedlemmer og selv
samme onkel. Han havde ikke prøvet at deltage i en
elevfest i folkeskolen. Jovist havde han både været
inviteret og været til stede, men minderne derfra
udgjorde skridtlunkne dåseøl bag cykelskuret med
drengene to klasser over. Gruppen af udskud som han
var en del af. De andre kaldte dem for
"skraldemennesker". Folk uden håb for fremtiden. Det
var de måske også. Han betragtede dem ikke som sine
venner, for hvad betød venskab egentligt? Efter
rygterne havde spredt sig i sjette klasse, behøvede han

heller ikke længere at møde op til festerne. Da de havde forladt skolen, mistede han lysten til at komme til de sidste fester. Alligevel kom de tilbage til cykelskuret og tog sig af ham. Måske var det dét venskab betød? I gymnasiet nåede han aldrig ind til festen. Han holdt forfest for sig selv, drak sig ned til lyden af indierock og fortalte ved henvendelse, at aftenen var forløbet perfekt.

Han trampede sneen af ved indgangen og tog fat i døren.
- *Simon!* lød en stemme bag ham, og han vendte sig om. Det var Hestehalen i en lang, sort jakke og et hvidt halstørklæde, som hang ned ad skuldrene på ham. Han klappede ham på skulderen, inden han gik indenfor, som var det drikkepenge til den dørmand, han var blevet gjort til. Han rystede på hovedet og forsøgte at tørre det våde aftryk af armen, indprentet som en signatur fra et børnehavebarn efter fingermaling. Så gik han selv indenfor.

Han tog et langstilket champagneglas fra det udsmykkede velkomstbord og smagte på det. Det smagte surt, og den grønne drue i bunden af glasset var tydeligt frossen. Det virkede proletarisk, men det var passende til hans forestilling om, hvad en julefrokost gik ud på. Det handlede ikke om kvalitet. Hverken i maden eller menneskerne. Jo mere mad og alkohol indenbords jo bedre, og jo flere sexistiske og småracistiske jokes, som man havde gemt på i løbet af skoleåret, og som man kunne nå at fyre af på sådan en aften, jo bedre var det. Det var også tydeligt for ham, at nogle af de andre, de som han nærmest ikke havde set eller lagt mærke til indtil nu, fik en helt anden opmærksomhed, end de ellers gjorde til hverdag. Måske fordi de lige skulle drikke sig mod til, eller bruge promillen som en gangefaktor til at smide deres personlighed op på et højere plan.

Han havde ikke sanset Alvina, før hun havde torpederet ind i og slået benene væk under ham. Så sad de begge på gulvet og grinte af hendes klodsethed. Han fik hjulpet hende op på benene igen, og hun undskyldte for at slået velkomstdrinken ud af hånden på ham.
- *Jeg finder en ny til dig!* sagde hun højt, måske selv for at være sikker på, at have tilbudt ham en form for kompensation.
- *Det er okay,* svarede han og var parat til at gribe hende i tilfælde af, at hun igen skulle falde på halen. Det var tydeligt, at hun havde drukket før hun kom. - *Hvor mange drinks har du fået? spurgte* han.
- *Her? Én! Kun en enkelt* svarede hun og forsøgte at virke overbevisende.
- *Og inden?*
- *Ja, det er jeg mere i tvivl om. I hvert fald mere end én. Os tøser plejer at mødes inden de her arrangementer og varme op. Man kan sige meget om vores ledelse, men de*

132

forstår ikke at holde en ordentlig fest.

*- Jeg troede, at julefrokosten var sådan en abefest, hvor
man bare gav slip og slog sig løs?*

*- Det var det også engang. Lige indtil "Hr. Henning
Hermansen med sine fedtede briller" blev chef. Så skulle
det hele være så formelt og professionelt. Det er så
kedeligt at være til de her fester. I det mindste stiller de
lige præcist nok alkohol til rådighed til julefrokosten, til
at man kan få en lillebitte skid på.*

- Hvorfor drikker I så inden?

- Fordi vi skal have en KÆMPE SKID på! Hun indså
ikke hvor højt hun havde råbt, før folk kiggede på
hende. Hun smilte og nikkede rundt, og skjulte så sit
ansigt i sine rystende hænder.

Han trådte varsomt som en linedanser der skævede ned
mod publikummet under ham. Den eneste forskel på
ham og linedanseren var, at publikummet stod omkring
ham, og rebet han balancerede på, var hans egen
forfejlede bevidsthed om, hvor meget de andre lagde
mærke til ham. Sådan var det også på universitetet;
man forsøgte altid at skjule hvor beruset man var. Det
overraskede også ham, men omvendt var fornemmelsen
ham ret så nær. Man drikker altid mere, når man ikke
er underholdt af folk omkring sig.

Han lynede ned og lod sig selv gå. Han forsvandt væk i
sin egen verden, både fordi han trængte til at lade

vandet, men også fordi han endelig fandt en ro efter at smide et falsk smil på og forsøge at virke interesseret i de samme vittigheder og kedelige historier. Nu var han alene, med den eneste forstyrrelse værende bassen, der pumpede ude fra festlokalet. Han rettede hovedet opad og lukkede øjnene, og fornemmede ikke døren gå op før han igen hørte sit navn komme fra personen ved siden af ham: - *Nå Simon, hygger du dig?* Han genkendte stemmen med det samme, og kiggede på Hestehalens selvtilfredse smil, som han stod og pissede ved siden af ham. Alt for længe havde han pisset på ham. - *Jeg ved godt, at det her måske ikke helt er din hjemmebane,* fortsatte han. - *Men du skal ikke lade dig slå ud af, at nogle af samtalerne bliver for finkulturelle og civiliserede at følge med i. Det er en kunst at opføre sig dannet.* Han svarede ikke, men rystede af og lynede op. Så gik han over til håndvasken og begyndte at vaske hænder. - *Lad dig nu ikke snyde af hvordan pigebørnene en gang imellem opfører sig. Du er en mand. Du skal være stærk, og ikke lade dig give efter. Du skal være bedre end dem, Simon.* Han gik over mod døren, men nåede ikke at gribe fat i dørhåndtaget før "Brillen" gjorde sin entré.

- *Nå Simon, dig har jeg ikke set meget til i aften,* sagde han og gik over til pissoiret ved siden af Hestehalen. - *Thor, fortæl mig lige hvordan det går med Simon og jeres team? Hvordan klarer vores nye rekrut jobbet?*

- *Det har så absolut været spændende,* svarede

Hestehalen. - *Jeg må sige, at man i starten selvfølgelig kunne mærke en sådan naturlig usikkerhed, men som månederne er skredet frem, så har det virkelig været inspirerende at følge, og Simons friske øjne på tingene har givet mange gode input til overvejelse.*

- *Ja så, er det virkelig rigtigt?*

- *Det er det, Henning. Nu skal vi selvfølgelig ikke bevæge os ud i en ukendt fremtid, men jeg synes kraftigt at vi skal overveje et fremadrettet samarbejde med Simon, såfremt Jakob ikke kommer tilbage.* Simon så både overrasket og forvirret på ham på samme tid. Det havde han ikke forventet af ham.

- *Det lyder lovende,* sagde "Brillen" og nikkede. - *Det vil jeg da tage til efterretning.* Han vaskede hænder og gik tilbage til festen. Tilbage stod Simon og Hestehalen.

- *Det var pænt af dig, Thor. Virkelig. Men hvorfor dog? Og hvorfor nu?* Hestehalen grinte.

- *Fatter du det ikke? Er du virkelig så dum?* Han grinte videre mens han gik over til håndvasken. Han så på ham gennem reflektionen i spejlet. - *Det bliver endnu lettere end jeg troede. Jakob kunne i det mindste give en smule modstand.* Han vendte sig om og så ham direkte i øjnene. - *Du er som et insekt for mig, Simon. Hvis du kommer for meget på tværs, kan jeg altid bare smække dig én. Du er en undermåler. Du er værdiløs i det her spil. Du bidrager ikke med noget. Du giver ingen modstand. Så længe du er her, så vil jeg altid få min vilje. Selvom du løber efter Alvina som en sulten hund, så har du ikke det der skal til for at have indflydelse. Jeg er, og vil altid være, så længe du er på min hjemmebane, din gud; og der er ikke det mindste du kan gøre ved det.* Han afventede en reaktion, men som han havde forudsagt, havde Simon ikke et modsvar. Han klappede ham på skulderen. Det var den største investering Hestehalen havde lavet i ham. Og måske havde han ret i, hvad han havde sagt. Han satte i hvert fald punktum, da døren smækkede bag ham.

Han gik tilbage til hovedindgangen for at tage sin jakke. Han ønskede ikke flere ubehagelige overraskelser den aften. Han ledte febrilsk efter den i mængden af overtøj, men uden held. Til sidst besluttede han sig for at vende tilbage til festlokalet, men havde knap nok vendt sig om før han stod ansigt til ansigt med Alvina, som havde sneget sig op på ham.

- *Hvad mangler du?* spurgte hun forundret.

- *Jeg leder bare efter min jakke,* svarede han.

- *Skal du ud at ryge?*

- *Nej.* Hun vidste med det samme, han var på vej hjem.

- *Nårh. Jeg ved forresten godt, hvor den kan være. Der er blevet flyttet nogle jakker fordi der var for mange herude. Følg med mig.* Hun vendte sig med det samme, og han fulgte efter, præcist som hun havde forventet.

Hun åbnede døren til et klasselokale og lod ham komme først. Så lukkede hun døren bag dem mens han undrede sig over, hvorfor hun havde ført dem derind. Der var rungende tomt.

- *Der er jo ingenting,* sagde han og vendte sig mod hende.

- *Men hvad mangler du?* spurgte hun og gik imod ham.

- *Du har jo mig.* Hun omfavnede ham og kyssede ham, og han greb fat om bordkanten bag ham og undveg den katastrofekurs, som hendes tårnhøje promille havde ført dem ud på.

- *Alvina...* forsøgte han at udtale under kampen med hendes tunge. Hun tog fat om skridtet på ham mens hun fortsatte sit angreb. Endelig blev det for meget om ham, og han fik svunget hende rundt om bordkanten og så hende falde på gulvet lige så lang, som hun var. Hun satte sig op og stirrede ud i luften, ude af stand til at forklare, hvad der var sket. - *J-jeg er ked af det, Alvina,* undskyldte Simon og forsøgte at hjælpe hende op. Hun slog hans hånd væk. - *Jeg kan bare ikke. Du er fuld og jeg er forvirret. Jeg ville aldrig lade min første gang... Med dig, være sådan her.*

- *Du vil ikke ha' mig!* udbrød hun og lod tårerne få frit løb.

- *Det er overhovedet ikke sådan! Det er bare ikke det rette tidspunkt.* Hun rejste sig op og lænede sig op af bordet for at holde balancen. Så så hun op på ham mens hun forsøgte at fokusere.

- *Hvornår er så det rigtige tidspunkt?* spurgte hun og svajede i takt med sit åndedræt.

- *Jeg ved det ikke. Jeg skal selv have samlet tankerne. Jeg synes du er helt vildt skøn, men det er ikke under de her forhold, Alvina. Det skal føles rigtigt. Og når jeg ved, at du har været sammen med Jakob, så...* Hun rejste sig op og pegede på ham.

- *Hvad sagde du?* snerrede hun.

- *Jakob har fortalt mig, at...*

- *Jakob er fuld af lort! Jeg skal sige dig noget, Simon: Én ting er, at du ikke gider kneppe mig, når jeg tilbyder mig selv til dig, men noget andet er, at du så kommer med sådan en lorte-undskyldning. Jeg har ALDRIG været sammen med Jakob, og jeg kommer ALDRIG NOGENSINDE til at være sammen med ham! Tænk, at jeg giver mig selv til dig på den måde, og du så behandler mig sådan! Hold kæft, hvor er du bare en FUCKING IDIOT!* Lussingen var ikke til at tage fejl af. Braget fra døren da den smækkede, var blot endnu en understregning af, hvad der var op og ned i det hele. Nogen havde sagt noget forkert. Han vidste, at Jakob var én af dem. Han følte, han var den anden.

Han talte tonerne i telefonen mens han tog tunge skridt hjemad. Freja tog den ikke. Han forsøgte et par gange, men uden held. Det kendetegnede alt ved hans aften.

26

Julen var kommet som et kærkomment afbræk. Det
mindede ham på mange måder om dengang, han selv
gik i skole. Det var samtidig gået op for ham, at man
virkelig nemt kunne komme omkring lærergerningen,
og så nyde feriemængden, som man som elev selv satte
så stor pris på. Bare man var i stand til at holde sig
gode venner med alle, så var der nærmest ingen
grænser for, hvor let man kunne tage på tingene.
Måske var det derfor Alvina havde fortalt det med, at
alle kunne blive lærere. Det begyndte han så småt at
forstå nu.

Han havde forsøgt at få fat i Freja, men var sjældent
lykkes med det. Jovist svarede hun på hans beskeder,
men det var ofte kort og efterfulgt af undskyldninger
om, hvor travlt der jo var i disse højtider. "Jeg ville
ønske du var her", skrev hun til ham i en sms,
juleaften. Det gjorde ham glad. Det var måske i
virkeligheden den bedste gave, hun kunne give ham.
Hun sendte en *snap*, nytårsaften. Venindegruppen var
taget i sommerhus. Hun lovede ham, at han stadig var
den første, hun ville kysse i det nye år.

Han havde taget "*Sleepless in Seattle*" med til den første
time efter ferien. Ikke blot fordi det var nemt at give
dem og ham selv en blød start, men også som et diskret

forsøg på at minde Freja om, hvad hun havde sagt om kysset. Måske var det for desperat af ham, men nu havde han efterhånden i lang tid følt sig som Tom Hanks i *"Terminalen"*, så der var også noget betryggende i hans væsen. Det føltes på en måde rigtigt.

Lyset blev tændt, og eleverne fik langsomt rejst sig fra deres pladser, som om tømmermændene stadig holdt dem fanget efter, hvad der på rygtebasis, havde været et brag af et nytår. Som en spøgelsesbilist fik Alvina mast sig igennem mængden af zombier i døren, og hun gik over til Simon, som var ved at pakke sammen.

- *Simon, har du et minut?* spurgte hun forsigtigt, men stadig tydeligt nok til, at Freja stoppede op i døråbningen.

- *Ja, selvfølgelig,* svarede Simon og pakkede computeren ned i tasken.

- *Det var bare lige i forhold til sidst, du ved... Julefrokosten og mig og sådan.*

- *Ja?*

- *Jeg vil bare gerne sige undskyld. Det var forkert af mig at reagere som jeg gjorde, og bare hele min opførsel var fuldt ud uacceptabel. Jeg skulle ikke have handlet som jeg gjorde, og jeg skulle have taget dit nej for et nej.*

- *Det er jeg glad for. Det betyder meget. Jeg er ked af, at jeg fik nævnt Jakob i det hele.*

- *Det skal du sgu ikke undskylde for. Det er da Jakob*

140

der er en kæmpe nar, hvis han bilder dig sådan noget
ind. Det er bare vigtigt for mig at sige, at jeg altså ikke
har noget i klemme andre steder. Jeg håber bare, at vi
kan se forbi det her og så starte forfra. Hun smilte som
om hun mente det. Det var rart at mærke hende igen.
- *Simon, har du tid?* lød det fra Freja i døren. Alvina
vendte sig om og kiggede på hende. - *Jeg har nogle*
spørgsmål til filmen, fortsatte hun, og Alvina kiggede
tilbage på Simon.
- *Du må hellere hjælpe dine elever,* sagde hun og rørte
ham forsigtigt på armen. - *Vi snakkes ved.* Simon
nikkede, og Alvina forlod klasseværelset lige så hurtigt
som hun var kommet. Freja lukkede døren bag dem og
gik over til ham.
- *Hvad vil du spørge om?* spurgte han nysgerrigt. Hun
kyssede ham med det samme det sidste ord havde
forladt hans mund. Langsomt fjernede hun sine bløde
læber fra hans og så ham i øjnene. Hun slikkede sig om
munden som et rovdyr, der havde nedlagt sit bytte.
- *Jeg ville bare spørge om du vidste hvor stor en "sucker"*
jeg er for romantiske film?
- *Jeg havde ingen anelse, men jeg er glad for at den*
gjorde indtryk.
- *Det er nemt at blive populær som lærer ved at vise film*
for sine elever. Hun lagde sin kind på siden af hans
ansigt og hviskede ham i øret: - *Tænk at du får et kys*

ved at vise noget om håbløs kærlighed. Forestil dig hvad jeg havde gjort, hvis du havde vist porno.

27

Det lune forår havde lagt sin kappe over byen. Simon sad og nød stilheden til billedet af forbipasserende cykler mens han lod solen varme sit ansigt gennem ruden. Pludselig bankede det på døren, og han rejste sig og gik ud til hoveddøren. På den anden side stod Jakob bag de matterede glas i nogle alt for smarte solbriller, marginalt mere skinnende, end den sixpack af smaragdgrønne Carlsberg han havde i den anden hånd.

- *Hva', må man komme ind?* sagde han og rakte armene ud til siden, som om han var den hjemvendte frelser. Simon nikkede og lod ham træde ind i entréen. Han gav ham et kram og tog øllene mens Jakob fik jakken af. De gik ind i stuen, hvor han satte dem på bordet. Så gav han en til Jakob og tog en til sig selv. De knappede dem op synkront, lidt på samme måde som man falder tilbage i de samme samtaler med mennesker, man har kendt hele livet, selvom man ikke har set hinanden, i hvad der kunne føles som en menneskealder. - *Nå, hvordan går det så?* spurgte Jakob og lød for en sjælden gangs skyld oprigtigt interesseret. - *Passer du godt på mine unger?*

- *Jeg synes det går godt,* svarede Simon stolt. - *Jeg synes fuklisk det går over al forventning. Jeg ved ikke, om jeg bare har været heldig, men det går langt bedre end hvad jeg havde frygtet.*

- Held er for de middelmådige, sagde Jakob bestemt. *- Du har selv skabt din egen succes.* Det lød uvant i Simons øre. Det kunne tælles på én hånd, de gange han havde fået ros for sit arbejde.

- Men hvad så? Er du tilbage? spurgte han og satte læberne på det kolde metal.

- Det kan man vel godt sige. Jeg har lige et par dage for at få styr på fremtiden, du ved. Det er ved at være tid til at få lagt fast hvad der skal ske med mig og skolen, og ja, med dig selvfølgelig også.

- Men hvad betyder det? Bliver dig og Tanja i København eller hvordan? Jakob satte dåsen på bordet. Minen i hans ansigt blev mere alvorlig.

- Vi kommer tilbage igen, sagde han og så på Simon. *- Vi savner sgu bare byen, og... Ja, vores gamle liv. Der er for meget fart på derovre, Simon. For mange mennesker. Det kender du sikkert også fra Bristol. Vi skal tilbage til der, hvor man kan se hele byen, når man kigger over hækken.* Simon havde svært ved at aflæse sin mavefornemmelse. Han kunne ikke finde hoved eller hale i, hvad han tænkte om det Jakob sagde. *- Men det er også derfor jeg er her,* fortsatte Jakob og reddede Simon fra sit tankemylder. *- For jeg skal høre dig om du kunne have lyst til at fortsætte med klasserne i 3.g. Jeg har snakket med ledelsen, og de er også tilfredse med dig. De synes, at det kunne give god mening for*

eleverne, hvis du kunne fortsætte det, du nu havde
startet og kørte dem i mål.

- *Men hvad skal du så?* spurgte Simon forvirret.

- *Jeg tager nogle 1.- og 2.g'ere. Det skal du ikke bekymre*
dig om. Der er også plads til mig. Simon var stille. Han
havde overvejet situationen tidligere, men luften var
slået ud af ham. Som om han var blevet ramt af en bil
på trods af gentagende gange at have kigget til begge
sider.

- *Skal jeg flytte ud?* tog han sig selv i at spørge.

- *Nej, du skal blive boende, min ven. Vi skal finde noget*
andet. Have en frisk start. Jeg kunne sgu da ikke finde
på at smide min bedste kammerat ud efter at have bedt
ham om en kæmpe tjeneste. Hvad tror du om mig?

- *Er Tanja okay med det hele?*

- *Du skal ikke bekymre dig om Tanja. Det er en fælles*
beslutning, og hun kommer, når der er styr på alting her.
Du skal bare finde ud af med dig selv, om du kunne
have mod på at tage et år mere. Der er intet pres. Det er
bare vigtigt, at du vælger det, der betyder noget for dig.

28

Der tikkede en sms ind fra et nummer, han ikke kendte. "Kan du mødes i anlægget klokken 21?" stod der. Han kiggede længe på beskeden. "Hvem er det?" skrev han tilbage. Efter lidt venten kom der en besked tilbage til ham: "Det afhænger af, om du møder op".

Simon så sig flere gange over skulderen, inden han trådte ind ad porten og ind på stien kun oplyst af lygtepælene langs med vejen. Selvom man var paranoid, kunne man godt blive forfulgt, og han følte efterhånden, at alle ville have en bid af ham. Han trådte forsigtigt ned ad stien og forsøgte at træde blødt for at dæmpe lyden af det grove sand stien bestod af. Han fortsatte ned langs svinget og lagde øjnene på en skygge i lyset fra en lygtepæl. Han nærmede sig. Så kom øjnene frem fra mørket.

- *Du er sent på den,* sagde Filip utilfreds.

- *Man kan jo ikke vide hvad man går ind til,* svarede Simon, som om det var en forklaring han selv troede på.

- *Det kan man vel aldrig; men derfor ville det klæde dig at komme til tiden.*

- *Hvad vil du?*

- *Hvordan går det med din opgave?* Simon havde lykkeligt glemt alt om det. Imellem kandidaten, karrieren og kærligheden havde han haft opgaven lagt i gemmerne. Samtidig havde tingene ændret sig. Han vidste ikke længere, hvor han havde Freja, eller om han overhovedet ville have hende. Det kunne både være godt og skidt. Omvendt havde Jakobs tilbud ikke gjort det nemmere for ham. Hvis han valgte at blive, ville Mappen fortsat hænge som en mørk sky over ham.

- Jeg tror ikke det er så nemt længere. Tingene har udviklet sig mellem Freja og mig. Det er ikke bare sådan lige til.

- Tror du jeg bekymrer mig bare den mindste smule om dit kærlighedsliv? grinte Filip. *- Du glemmer, at du er en del af os. Du valgte at putte USB'en i lommen. Du valgte at åbne den. Du valgte at møde op. Så må du også leve med konsekvenserne af dine handlinger.*

- Du kan stadig ikke bevise en skid, vrissede Simon. *- Jeg er ikke længere bange for dig. Hvis du tror jeg vil være med i din gangsterleg, så kan du godt tro om igen. Se at få styr på dit eget liv, i stedet for at prøve at styre andres. Og tag så at få slettet lortet, inden du gør flere uskyldige mennesker fortræd.* Simon var overbevist om, at han havde vundet. Han afventede en reaktion, men kunne kun stirre sig blind på Filips falske smil. Han vendte ryggen til ham og begyndte at gå tilbage mod porten.

- Ved du egentlig hvorfor vi kun bruger USB-stiks nu? råbte Filip efter ham. Simon stoppede op. *- Man skulle jo mene, at det ville være nemmere bare at gemme det*

hele online. Det ville også gøre det lettere for os at tjene
penge, hvis vi bare krypterede hele lortet i links og smed
det op i skyen. Der findes jo masser af sub-Reddits og
Facebookgrupper til den her slags. Vi virker jo udefra set
som nogle amatører ved at køre det hele analogt, ikke
sandt? Simon vendte sig om mod ham. Smilet var væk.
- *Hvor vil du hen med det her?* spurgte han vredt.
- *Har du tænkt på hvorfor man kalder det hævnporno,*
Simon? spurgte Filip og gik frem imod ham. - *Fordi man*
deler det på baggrund af en følelse. Hævntørst. Man
deler det fordi man er svag. Fordi man er et lille patetisk
menneske. Tingene er måske ikke gået, som man havde
forestillet sig det, eller som man havde håbet på, og så
tror man fejlagtigt, at man bliver kvit ved at "tage hævn".
Hvilken hævn? I mange tilfælde ved offeret det faktisk
ikke. Sikke en hævn, hva'? Det man ikke ved, har man
ikke ondt af, er det ikke sådan man siger? I stedet
udstiller man faktisk bare sig selv, som den lille mand.
Det er aldrig ham, der deler hævnporno, som vinder
noget i det her spil. Og hun skal nok komme videre. I
sidste ende er det altid en anden, hun ligger og knepper.
- *Du er så fucking fuld af lort, Filip!*
- *SlotsMappen har for os intet med hævnporno at gøre. Vi*
gør det ikke, fordi vi føler nogen skylder os noget. Vi gør
det ikke for at udstille nogen, eller grine dem op i deres
ansigter. Vi gør det fordi, vi tager hvad vi vil have. For os
er det magtporno. Det er ikke en følelse. Det er et

statement. Et flex. Det handler om at være i kontrol.

- Du er syg i hovedet! Du er så sølle, du er! Jeg går til politiet og stopper din syge leg én gang for alle!

- Du har stadig ikke forstået det, har du? Det har aldrig handlet om porno, Simon. Ved du hvad man også kan med USB-stik? Det er lidt ligesom sex. Man skal altid sørge for at være beskyttet, ikke sandt? Man kan jo overføre mange forskellige slags filer. Billeder, videoer... Ja, også virus; virus som der er på hver eneste USB-pind, lidt ligesom en digital sexsygdom efter et ubeskyttet samleje. Virus der tracker alt fra de sider du spiller pik til, til bankoplysninger og andre personfølsomme data. Begynder der at tegne sig et billede nu, Simon? Alle vil have det, de ikke kan få. Det har aldrig været en hemmelighed, at sex sælger. Det er den bedste reklame, man kan forestille sig. Det er jo ikke billederne der er vores produkt. Det er alt det, vi kan gøre med de liderlige tåber, som sætter alt over styr for en spiller til naboens pige eller hende den hemmelige forelskelse, de ved de aldrig kan få fingrene i. De køber en illusion, men de sælger deres virkelighed. Du har gjort det samme, bare fordi du ikke kunne holde fingrene for dig selv. Du skulle absolut sætte tænderne i den forbudte frugt, Simon. Skam dig. Han vidste ikke hvad han skulle tro på. Var det hele så udspekuleret? Hvis det var, så havde Filip ret. Der var ikke noget at gøre.

- Hvordan kan du dog se dig selv i øjnene? sagde han

under sit åndedræt.

- *Præcis som alle andre i verden, som vil noget mere. Tro det eller lad være, men vi sover faktisk rigtig godt om natten. Fordi vi ved, at hvis man vil noget med sit liv, så handler det ikke om at passe ind, men tilpasse verden omkring sig. Hvis man hele tiden tager hensyn til andre, så forbliver man i en tilstand af middelmådighed.*

Hvorfor stopper mennesker med at drømme? Man stopper ikke med at lege, fordi man bliver voksen; man bliver voksen, fordi man stopper med at lege. Det er synd, når man så mange gange får at vide, at verden er din legeplads.

- *Hvad skal jeg gøre for at komme ud af det her?*

- *Det er ikke sket for nogen endnu. Men... Der er mange mennesker, som venter på billeder af Freja. Hun vil stadig være en vigtig tilføjelse til Mappen. Og lige nu tror jeg stadig, at du er vores bedste bud. Har du hørt, at hun er blevet nomineret til "bypige"?*

- *Hvad betyder det?*

- *Avisen kårer jo hvert år byens smukkeste pige. Freja er en oplagt kandidat. Det ville være stort for Mappen, hvis vi havde eksklusive billeder af en "bypige".*

- *Så hvis jeg skaffer et billede, så lader du mig slippe ud af det her?*

- *Man skal jo aldrig love noget, men det vil ikke være nogen dårlig handel, Simon. Se nu om du kan skaffe et billede eller to, så er det ikke utænkeligt, at vi kan lave*

150

en handel. Det kan også godt ske, at der følger en lille
pose penge med som en bonus for dit hårde arbejde.
Filip vendte ryggen til ham og begyndte at gå. Simon
stod som forstenet og så slangen krybe væk fra
gerningsstedet. Han sansede slet ikke regnen fra
himlen over ham.

29

- *Kan du huske første gang du fortalte andre, at du ville være forfatter?* spurgte Andreas mens han hældte et glas vin op til Simon. Det kunne han sagtens. Ofte kunne han se det udspille sig igen og igen, når han lukkede øjnene. De andre havde grint af ham, som de så ofte havde gjort. Han forestillede sig, at det var som at springe ud. At det var derfor, så mange havde en frygt for omverdenens reaktion, når man bekendte en anden kulør. Han havde læst et digt op på klassen. Hans lærer havde taget det og beskyldt ham for at have fundet det på nettet. Han havde sagt, at det var hans eget, og at han havde gjort sig umage. Det troede hun ikke på. Det var der aldrig nogen der gjorde. I frikvarteret havde de været efter ham og kaldt ham navne. Han kaldte dem uopfindsomme og udstillede dem på deres inkompetence. De kaldte ham svag og gjorde ligeså. Han havde ikke tælling på slagene, men den dag i dag stadig en klar fornemmelse af, hvor få sekunder der gik, før Andreas havde revet den øverste dreng af ham og sparket ham i ansigtet. Det smertefulde skrig blev afløst af den næste dreng, der blev nikket en skalle og røg i asfalten med et brag. Andreas hjalp ham op og tog ham væk fra skolegården. Han børstede hans tøj og fjernede blodet i mundvigen på ham.

- *Du flækkede dit øjenbryn,* sagde Simon og nikkede.

- *Ja, jeg ramte sgu ret skævt med den skalle,* grinte han og drejede vinen rundt i sit glas. Han så ned på strømmen i det røde hav.

- *Kan du huske hvad du fortalte mig bagefter?* spurgte Simon og trak Andreas op igen.

- *Selvfølgelig. Du var ked af det, og var faktisk klar til at smide det hele væk. Jeg sagde, at hvis ikke det holder dig vågen om natten, så skulle du endelig bare finde noget andet.*

- *Og jeg sagde, at jeg fortalte historier i alle mine vågne timer.*

- *Det vidste jeg, du ville svare. Du var ikke i stand til at give op på det. Derfor sagde jeg det. Hvis du blev holdt vågen af tanken om ikke at have ofret nok på din drøm, så var det en fejl at stoppe. Du tog heldigvis bare den positive vinkel. Det har du altid været god til.* Simon kiggede på sin bror. Han havde ikke den fjerneste idé om, hvor meget smerte han fortsat gik igennem.

- *Det var svært i Bristol,* sagde Simon så. - *Det var svært at være i, og det var svært at snakke om. Jeg prøvede at fortælle jer om det, men jeg kunne bare ikke. Jeg var så bange for, hvordan I ville reagere. Jeg var bange for far, og alle de penge, han havde brugt på det. Jeg var bange for mor, der ville have mig hjem med det samme, så hun kunne passe på mig. Ja, jeg var også bange for dig. At jeg ikke blev til noget, som du gjorde.*

- Jeg ved det godt, sagde Andreas. *- Det er ikke noget man bare skjuler, selvom man er tusind kilometer væk. Du drømmer ikke om hvor mange gange, jeg tænkte på at besøge dig, eller bare at ringe en ekstra gang for at høre, hvordan det stod til. Jeg tror bare, at jeg på en eller anden måde også var bange. Bange for at du igen skulle tvivle på dig selv og din drøm. Jeg ville ikke kunne leve med mig selv, hvis jeg pludselig blev grunden til, at du skulle give op på det hele.* Han havde sat glasset fra sig. Hans hænder rystede. Øjnene blev smalle og våde. Det var aldrig noget, de havde snakket om før. Det var ikke sådan de gjorde tingene i deres familie. Man kunne alt for nemt snakke ting til døde. Det handlede om at handle. Om at gøre noget.

- Men jeg har stadig fejlet, sagde Simon stille. *- Jeg har stadig ikke min eksamen.*

- Det er ikke for sent, Simon, sagde Andreas hæst og forsøgte at flytte glasset op til munden. *- Du skal bare afsted igen. Hvad holder dig tilbage?* Simon så over på sin bror. Sit forbillede og sin beskytter. Aldrig havde han set ham så skrøbelig. Nærmest menneskelig som ham selv.

- Kærlighed, sagde han og drak en tår af sit glas.

- Så har du din årsag. Du skal huske, at din frygt ligger et forkert sted. Det handler ikke om at blive til noget; det handler om at blive til nogen. Det vigtigste er, at du kan

se dig selv i øjnene. Husk nu: Hvis ikke det holder dig
vågen om natten...

- *Må jeg følge dig hjem?* spurgte han Freja, da han kom
op på siden af hende.
- *Altid,* sagde hun og smilte til ham. Da de havde drejet
om hjørnet, tog hun fat om hans hånd og flettede sine
fingre ind mellem hans. Han havde svedige hænder,
men det gjorde ikke noget.
- *Der er noget, jeg gerne vil snakke med dig om,* sagde
han mens de fortsatte ned ad gaden.
- *Er det noget alvorligt?* spurgte hun nervøst og kiggede
på ham. Han nikkede over mod en sidegade og de
krydsede vejen. Længere nede var en bænk, og de satte
sig ved siden af hinanden. Hun drejede sin krop over
mod ham.
- *Jeg har brug for at vende noget med dig,* sagde han og
kiggede hende i øjnene. Hendes blik flakkede mellem
hans i frygten for, hvad han ville fortælle hende. - *Jeg*
står i en lidt svær situation. Ser du, Jakob kommer
tilbage... Han behøvede ikke sige mere før tårerne
pressede sig på hos dem begge.
- *Skal du ikke være her mere?* afbrød hun med gråd i
stemmen. - *Forlader du mig?*
- *Giv mig en chance for at forklare mig,* sagde han og tog
ordet tilbage. - *Jakob kommer tilbage, men: Jeg er blevet*
tilbudt at fortsætte og have jer i 3.g. Hendes øjne blev
store og klare. Han havde ikke fortalt hende det hele

155

endnu, og alligevel følte han, at der ikke var mere at sige.

- *Men hvad er problemet så?* spurgte hun forvirret.

- *Jeg er en fusker. Der skete en administrativ fejl sidste sommer, da jeg skulle afslutte min kandidat. Jeg har ikke min eksamen. Jeg er slet ikke kvalificeret til at undervise jer. Jeg burde ikke være her.*

- *Men kan du så ikke bare tage den senere?*

- *Det kan jeg godt, men jo før jo bedre. Hvis jeg tager den med det samme, så er alting bare så meget lettere. Men det ville også betyde, at jeg var nødt til at forlade Katedralen... Ja, og dig.* Hun sagde ingenting. Han vidste heller ikke, hvad han mere skulle sige. Måske var der ikke mere, han skulle nå at få sagt.

- *Ville du komme tilbage efter mig, når du var færdig?* spurgte hun forsigtigt.

- *Jeg ville komme tilbage hver eneste gang, jeg fik chancen. Jeg ville ikke have andet valg. Men... Det er ikke månederne, der bliver problemet. Det er dagene, jeg ikke kan klare. Når timer bliver minutter, og du er sekunder væk. Når jeg forsøger at huske, hvordan du føles i momentet, før jeg rører dig igen. Det ville være det værste. Når der er dage nok, så har de det med at tage hinanden. Når det handler om minutter, så er der aldrig nok at tage af.* Hun så ned på hans rystende hænder. Det havde han lært, at selv de stærkeste mennesker en gang imellem har. Så tog hun fat om dem og knugede dem i sine egne, som hun forsøgte at klemme hans smerte ud af kroppen på ham.

- *Det vil altid være dit valg, Simon,* sagde hun og forsøgte at fylde ham med mod. - *Men jeg håber inderligt du bliver.*

Det var sent på eftermiddagen, og på denne tid af skoleåret virkede det som at besøge en kirkegård. Det føltes næsten som om, der aldrig havde været liv til at begynde med. Han havde haft møde med "Brillen", og for første gang følte han sig på bølgelængde med en af sine kollegaer. Det var sådan, det skulle have været fra starten af. Da han kom ud i lærerværelset, faldt hans øjne med det samme på Alvina, der sad og arbejdede med øjnene fast rettet mod skærmen fra den brummende Macbook foran hende. Hun så i et splitsekund op fra skærmen og fik øje på ham.

- *Gud, er du her endnu?* udbrød hun af ren glæde. - *Har du været til møde?* Han nikkede.

- *Jeg har haft møde med Henning,* sagde han og smilede tilbage.

- *Så hvad skal der ske? Fortsætter du?* Han nikkede igen. Hun rejste sig og løb over til ham og krammede ham. Han krammede igen, indtil hun følte, det var på tide at give slip. Det var sådan, han havde lært at kramme folk. Man måtte aldrig selv være den første til at give slip, for man vidste aldrig, hvornår den anden sidst havde fået et ordentligt kram. Sådan var det at vise omsorg for andre.

- Det er jeg simpelthen så glad for! udbrød hun, da hun endelig havde tilladt sig selv at give slip. *- Skal vi ikke gå ud og fejre det? Jeg giver en kop kaffe.*

Han plejede at undre sig over, hvorfor det var, at alle lærere skulle drikke kaffe. Det første de gjorde, når de trådte ind på lærerværelset, var at få en kop kaffe, og det var det sidste, de skulle have, inden de tog hjem. Mellemliggende tid var lig med kaffe, god undervisning, skodundervisning, møde, hver eneste mulighed hver eneste dag gik til kaffe, kaffe, kaffe. Han tænkte tilbage på første gang, Alvina overtalte ham til at prøve, og han brød sig ikke om det. Men ligesom så meget andet, så ændrede hans syn på kaffen sig, da han selv for alvor kom ind i rytmen. Det var ikke smagen i sig selv, der var vanedannende, men derimod følelsen af at drikke det. Få mennesker brød sig om den bitre smag. Men kaffen var et hvil. Hvert eneste slurp af kaffen var tid til sig selv. Hvert eneste sekund man havde koppen i hånden, var tid uden dovne elever, sure forældre, elevplaner, undervisningsforberedelse, alt det man både havde for lidt tid til, og blev betalt for lidt for. Det var en måde at forblive normal på. Han forestillede sig, at han kunne begynde at lide det mere og mere for hver kop han tog. Det var et velfortjent hvil i en udmattende verden.

Simon sad med klassen ude på det grønne areal foran hvad der den første dag, havde virket som en bunker for ham, mens de på skift løb op til de nyudklækkede studenter og krammede dem. Skolen summede af liv, men på sådan en dag kunne man ikke undgå en stemning af glæde og sørgmodighed på en og samme tid. Hvad der var af liv der sluttede, skulle blive liv klart til at starte nyt. Der kunne ske meget på et år. Det havde han selv set for øjnene af sig. Han var selv nødt til at tage hvert eneste indtryk ind, som havde han gjort det til sit eget. Det blev det, da Hestehalen blokerede for solen med, hvad man i første omgang troede, var hans enorme ego.

- *Simon, skulle vi nu ikke holde en professionel distance og lade de unge mennesker være alene i deres fritid?* snerrede han, som professor Snape i den anden Harry Potter-film; der hvor han ikke længere var frygtindgydende, men bare frygteligt irriterende.

- *Thor, vi snakker jo ren klasseledelse her. Det er et pædagogisk, lærerstyret tiltag vi har gang i, og jeg mindes ikke, du står på klasselisten.* Simon smilte op på ham og forsøgte at blænde sig selv i solen for at undgå at se Hestehalens reaktion.

- *Jeg mindes heller ikke, at vi i så fald drikker øl i undervisningen, men du er jo stadig også bare stadig en dårlig, jeg mener "ny", underviser.* Så vendte han sig og gik.

- *Jeg kan simpelthen ikke fordrage den mand,* sagde
Simon til de andre og drak af sin lunkne dåseøl.

- *Du skal ikke tage dig af ham, Simon, der er ingen der
kan li' ham,* sagde Freja, og Matilde nikkede.

- *Hvis der er en, der klipper den forfærdelige hestehale
af ham, så giver jeg sgu en ramme,* sagde Simon så og
modtog gruppens anerkendende latter. Han havde ikke
nået selv at grine af, før Markus havde taget en saks fra
en taske og løbet efter ham. De så rådvilde til mens
Markus, i hvad der lignede et kraftspring, fik fat i det
lange hår og klippet til i en glidende bevægelse. Så fik
han taget af med den anden hånd og holdt stolt trofæet
strakt til alles store jubel. Han undveg akkurat og tog
flokken med i sin spurt væk fra pladsen, og mens
Simon forsøgte at fange sit vejr, nåede han at tænke
over, hvornår han sidst havde følt sig så levende.

Det var blevet sent, og den kølige sommeraften var så
småt begyndt at tage modet fra de sidste, som vendte
hjem i mangel på varmt tøj og alkohol. Til sidst sad
Simon og Freja alene tilbage. Hun forsøgte at varme sig
ved Simons jakke, som havde lagt sig som et blødt
tæppe over hendes nøgne skuldre. Bålet var ved at dø
ud, og de sidste gnister dansede i genskæret i hendes
øjne.

- *Tænk, at om et år er det min tur,* sagde hun og brød
tavsheden, som ellers kun var blevet afbrudt af de
mikroskopiske eksplosioner inde mellem flammerne.

160

- *Så er det din tur,* bekræftede Simon lavmeldt.

- *Så skal jeg for alvor til at stå på egne ben.*

- *Skulle det være et problem for dig?*

- *Er du der ikke til at passe på mig?* Hun kiggede op på ham. Det var hende, der skulle gribe ham, inden han faldt helt ned i dybet af de lyseblå øjne. Han sagde ingenting, men smilte i stedet og kyssede hende på panden. Så var de stille igen. - *Hvad tror du der sker når vi dør?* spurgte hun så stille, at det næsten kun var noget der blev sagt for at få sagt noget.

- *Jeg tror...* sagde han så. - *Jeg ved, at de som elsker os, kommer til at savne os. Men døden er heller ikke anderledes fra livet, end at det er den eneste garanti, vi har.*

30

Hun havde forladt ham til fordel for sine veninder. Sådan føltes det i hvert fald, men han vidste også godt, at hun ikke havde noget valg. De havde snakket om Magaluf længe, og rejsen var næsten bestilt et år i forvejen. De glædede sig til at komme afsted, og så det i højere grad som en nødvendighed, at det var den ultimative og eneste rigtige opladning til det sidste år af deres gymnasietid, som i deres øjne var et år, der skulle definere dem for resten af deres tilstedeværelse. Han havde i et kort øjeblik overvejet at tage med, men havde også sine egne fordomme om folk i hans alder, som rejste med UngRejs. Det var ikke den person, han ønskede at være. Alvina havde inviteret ham i sommerhus. "Bare som et tilbud" havde hun sagt. Han var ikke indlagt til at bruge tid med hende, men hun tænkte, at han nok også godt kunne bruge noget luftforandring efter det første år. Hun ville gerne gøre ham en tjeneste. Det følte hun, at hun skyldte ham. Det følte hun, han havde fortjent. Om det var derfor han i sidste ende sagde ja, vidste han ikke.

Han havde pakket en sort sportstaske og slæbt den gennem byen, og så stod han og trippede mens han ventede på at se hendes skikkelse komme til syne i indgangspartiet af glas. Sekunderne blev til minutter, og i mangel på tålmodighed, trak han mobiltelefonen op af lommen og begyndte jagten på hendes nummer i den tætpakkede opkaldshistorik. Mange samtaler var foretaget i den seneste tid. Han trængte til lidt ro. En hvid Ford Ka kørte op på fortovet og gik i tomgang ved siden af ham. Så rullede vinduet ned, og en kvinde med mørke solbriller lænede sig over mod ham.

- *Skal du med?* råbte Alvina ud gennem bilen. Det tog ham et øjeblik at genkende hende bag de store og mørklagte glas. Hun åbnede døren i passagersiden, og han satte sig ind mens han kastede den sorte sportstaske og resten af sine bekymringer væk fra sin bevidsthed.

Hun havde lånt bilen af sin pap-mor. Det var sådan, hun kaldte hende. Det var ellers blevet så moderne at kalde det for "bonusforældre", men for hende var det ikke en bonus. Det handlede ikke så meget om ægteskabets betydning, for livet var for kort til at leve med sine fejltagelser, og hvornår kunne man egentlig vide sig sikker nok på et andet menneske, til at ville vie resten af sit liv til at være sammen med vedkommende? Det var mere et spørgsmål om at blive påduttet andre mennesker med en forudindtaget holdning om, at de skulle leve op til prædikatet "familie". Det fandt hun ikke fair. Hendes far havde ellers sagt, at han ikke ville bringe en kvinde ind i sit liv, som hans børn ikke kunne acceptere. Det er sådan en falsk tryghed, skilsmisseforældre giver deres børn. Falske løfter er lige

163

så gode som alle andre, så længe de er uden konsekvens. Hun havde godkendt hende, fordi det også var det man gjorde i en familie. Man accepterede andre på trods af deres fejl.

Bilen drejede ind omkring hjørnet af det turkisblå sommerhus og mistede for et kort sekund kontakt med det stabile underlag når hjulene forsvandt væk i den høje grus. Hun parkerede bilen og steg ud for at hente sin taske i bagagerummet. Han stod og kiggede rundt på omgivelserne der indrammede de matte ydervægge. Han lyttede til vinden, der forsigtigt banede sig vej gennem de omkringliggende træer. Luften var tyk af mos og våd bark. Hun låste hoveddøren op og kaldte på han. Han vendte sig om og fulgte efter. De tørrede skoene af i den ru dørmåtte og trådte forsigtigt på de knirkende træbjælker, der udgjorde det skrøbelige fundament.

Der var en indelukket lugt, der ramte ham som en mur, da han tog det første skridt ud af entréen og ind i stuen, og han lagde med det samme mærke til det beskidte gulvtæppe, som var blevet mere brunt end gråt. Han betvivlede hurtigt sin beslutning om at tage med.
- *Jeg ved godt, at det nok ikke var det, du havde forestillet dig,* råbte Alvina ude fra køkkenet, næsten inviterende for at få ham ud til hende. Alt kunne drage

164

ham væk fra den møgbeskidte stue.

- *Det er da anderledes,* sagde Simon mens han lænede sig op ad dørkarmen til køkkenet. Hun var begyndt at tømme køletasken og systematisk sætte ting på hylder.

- *Vi brugte mange somre her,* fortsatte hun mens hun huskede tilbage. - *Det var feriens højdepunkt, når morfar kom og hentede os. Vi fik aldrig at vide hvornår det skete, men pludselig en morgen kunne man høre bilen udenfor, og så sad han ellers bare og dyttede, indtil vi kom ud til ham. Han kørte en gammel Mazda B2200, som brummede fra det sekund, du tændte den, og du var ikke i tvivl om, at den var ved at brænde sammen, men kun i tvivl om, hvornår det faktisk skete. Vi smed taskerne om på ladet, og så sad vi dér og drak røde sodavand, indtil vi nåede herud. Det var en anden tid.* Hun sagde ikke mere. Som om hun var tom for ord. Det samme var køletasken. Så kiggede hun op på ham.

- *Jeg var 16, da morfar døde. Jeg fik huset, da jeg fyldte 18. Det har været sådan lidt en drøm at sætte det i stand igen, men timingen har bare aldrig været rigtig. Det kender du også; man ved godt, hvad der er det rigtige at gøre, men nogle gange handler det bare om at tage det der første skridt.* Han nikkede.

- *Hvad lavede I herude?* spurgte han nysgerrigt.

- *Alt det som børn laver, tror jeg,* svarede hun. - *Vi gik på svampejagt i skoven og lavede mad over bål. Vi badede i søen, der ligger i lysningen. Vi lyttede til ham fortælle*

spøgelseshistorier mens vi sad under bordet. Ja, og alle
de andre fortællinger. Det bedste var, når han blev
fanget i øjeblikket. Der hvor fortiden indhentede ham, og
han så på os, du ved med det blik, som kun rigtige
mænd kan få. Når de opdager, hvor følsomme og
skrøbelige de i virkeligheden er. Så ville han fortælle
hvordan vi mindede ham om mor, og i det lille fine
sekund, var det næsten som om, at man selv kendte
hende. Som om man kunne mærke, at hun var der.
Hendes stemme knækkede over, som hun havde sagt
det. Hun vidste ikke, om det var på grund af minderne
eller det blik han gav hende. Det ville hun ikke tænke
på. Hun undskyldte sig selv og forlod køkkenet. Han
pakkede køletasken væk.

Hun hældte Prosecco op med panaché og satte sig
tilbage i havestolen. Hun tillod sig selv bare at være
stille. Han valgte at lade hende være. Det hele var lidt
bittersødt. Men måske var det godt med lidt forandring.

Han havde ikke lukket et øje om natten for summen af
myg, der hånede ham mens de fløj forbi hans ører. Det
var som om han var omringet, men når han tændte
lyset, var der ingenting at se. Han gik ud i køkkenet og
satte kaffe over, og så sad han og stirrede på den brune
væske rende igennem mens den fyldte rummet med en
duft, han følte sig mere tryg ved. Klokken var lidt over
seks, men solen var allerede begyndt at sende sine lune

stråler mod ham. Han blev blændet af reflektionen i glaskanden og rettede sig op. Til sidst var kaffemaskinen færdig, og han hældte en kop op til sig selv. Så gik han ud til hoveddøren og satte sig på trinnet mens han varmede sig på den friskbryggede kop. Han kunne høre fuglene pippe fra trætoppene, og hans næsebor blev skiftevis fyldt med det kendte og det ukendte. Han satte forsigtigt læberne på koppen og drak. Han trængte til at blive sparket i gang igen. Han havde ikke hørt hende stå op, da han vendte tilbage til køkkenet. Han hørte kun sig selv undskylde, da hun så op på ham fra køleskabsåbningen. Hun havde en hvid t-shirt på med et motiv, han ikke kunne tyde. Han havde svært ved at fokusere på andet end hendes velformede balder, der var ved at sluge de lyserøde blondetrusser. Hun rejste sig op og smilede til ham.

- *Godmorgen,* sagde hun glad og satte mælken på køkkenbordet.

- *Godmorgen,* sagde han og fik igen øjenkontakt med hende.

- *Du har lavet kaffe,* sagde hun konkluderende og hældte en kop op til sig selv. - *Har du været oppe længe?* Simon rystede på hovedet.

- *Har du sovet godt?* spurgte han.

- *Jeg har sovet fint,* svarede hun og hældte mælken i. - *Hvad med dig?*

- *Jeg har også sovet fint,* løj han. Hun skulle ikke tro, at

167

alt siden deres ankomst var elendigt for ham.

- Jeg tænkte, om vi skulle få noget morgenmad, og så gå en tur i skoven. Det var lidt en uskrevet regel, at vi samlede svampe til frokost den første dag.

- Det kan vi sagtens, sagde han, mest i manglen på alternativer. Det behøvede hun ikke at vide.

- Hvad sagde du? spurgte han og bad hende gentage. Han brød sig knap nok om champignon, og syntes kantareller og Karl Johan-svampe lød alt for eksotisk. Alligevel var han bjergtaget af den rubinrøde paddehat, hun havde samlet op fra skovbunden. Sjældent havde han set noget så smukt, som farven på juvelen hun havde fundet.

- Det er en hummer-skørhat, sagde hun og fniste, mest over Simons forvirrede ansigtsudtryk.

- Kan man spise den? spurgte han nysgerrigt.

- Ja, selvfølgelig. Den smager af skaldyr. Du kan næsten dufte havet, når du snuser til den. Han troede ikke på hende, men gjorde alligevel forsøget. Det virkede for godt til at være sandt. Han vidste ikke, hvordan hun gjorde, men hun havde ret. Det var uvirkeligt for ham. De fortsatte forsigtigt videre gennem skoven mens han iagttagede hendes bevægelser. Hun var millimeterpræcis i alt hun gjorde, og hurtigt fik hun kurven fyldt op med ting, han var overbevist om skulle blive sit sidste måltid. På trods af hans frygt var der

noget ved Alvina, der beroligede ham. Det var nyt for ham. Anderledes.

Hun fandt to vinglas mens han skar svampene i strimler. Hun havde været meget bestemt med ingredienserne og nøje lagt dem ved siden af ham. Hvidløg, spinat og parmesan. Vandet var begyndt at koge, og hun skruede ned for varmen og hældte pastaen i gryden. Hun hældte olie i den varme pande og nærmede sig Simon. Hun stod skuldertæt ved siden af ham og lavede en skål med sine hænder. Han lagde forsigtigt svampene ned i hendes hænder, og hun smilte til ham, inden hun gik tilbage og lagde dem på den hvislende pande. Hun hældte hvidvin op og rakte ham et glas. Så skålede de og drak. Han kiggede ned i glasset mens han hvirvlede det rundt i kanten. Han sansede ikke, hvordan hun kiggede på ham.

- *Det her kunne jeg godt vænne mig til,* sagde hun og så på ham med et hungrende blik.

- *Ja, den er overraskende god,* sagde han om vinen.
Hun grinte.

- *Jeg snakker ikke om vinen, Simon. Jeg snakker om det her. Om os. Det er lang tid siden jeg har hygget mig sådan.*

- *Men det er da også hyggeligt,* svarede han.

- *Mener du det?*

- *Ja da. Hvorfor ikke?* Hun så på ham. Han kiggede tilbage på hende. Så drak han af sit glas mens de kiggede på hinanden.

- *Du får mig til at tvivle på mig selv, Simon,* sagde hun
så.

- *Hvad mener du med det?* spurgte han og lagde de
hakkede hvidløg i panden til de spruttende skørhatte.

- *Det er jeg heller ikke sikker på; men det føles som den
usikkerhed man føler, når man er forelsket.* Han så
overrasket på hende. Det var noget andet, når hun
faktisk sagde det. Inden han fik sagt mere, havde hun
hældt hvidvin ned i den glohede pande. - *Gå lige et
skridt tilbage,* sagde hun og førte ham væk inden hun
satte ild til det hele.

Det var ikke til at smage svampene for alle de andre
komponenter, men smagen lå måske i virkeligheden i
teksturen og mundfølelsen. Sådan var det med mange
ting. Det handlede ikke altid om smagen, men om
fornemmelsen i munden. Hvordan det balancerede på
tungen. Det var hun en mester i, og det misundte han
hende. De spiste godt og drak bedre. De havde ikke tid
til at tale, men det betød heller ikke noget. Det usagte
var ofte det, der betød mest. Det var ikke så vigtigt at
have noget at snakke om, så længe man nød hinanden
uden at sige et ord. Det var også nyt for ham.

- *Vær lige ærlig overfor mig,* sagde hun så og skyllede
munden i lunken hvidvin. - *Har du ikke sovet elendigt
på den sofa?*

- *Okay, okay,* indrømmede han så. - *Jeg har måske ikke*

sovet helt så fantastisk.

- *Jeg vidste det!* udbrød hun og pegede på ham med sin gaffel. - *Du skal sove inde hos mig i sengen i nat så. Du har også brug for søvn.*

- *Gerne,* sagde han og drak. - *Det kan også være, at der er færre myg inde hos dig, end der er ude i stuen.*

- *Myggene slipper du ikke for. De er en del af pakken herude. Men, der er et trick til at undgå dem, som jeg gerne vil vise dig.* Hun tømte glasset og tørrede sig om munden. Så rejste hun sig og rakte ham hånden.

Hun holdt ham i hånden mens hun trak ham igennem de smalle åbninger mellem træerne. Hun havde gået vejen flere gange, end hun selv var klar over, og han forsøgte at kopiere hendes fodskridt for ikke at falde over rødderne i træbunden. Endelig kom de til en lille åbning, som var lyst op af månens skær i den spejlblanke vandoverflade. Der var helt stille i den lille dal. Larmende stille, som det ikke burde være muligt. En surrealistisk fornemmelse, uvirkeligt at være vidne til. Hun slap hans hånd og gik ned til vandkanten. Hun dyppede forsigtigt tæerne, ikke for langt for at undgå at blive taget til fange af det utaknemmelige mudder i bunden. Så vendte hun sig om mod ham.

- *Kom nu!* råbte hun og vinkede ham hen med sine hænder. Han trådte forsigtigt ned i det dugvåde græs og bevægede sig langsomt imod hende.

- *Vi badede altid hernede inden vi skulle sove. Der er*

171

*noget helt unikt ved vandet hernede. Som om det passer
på dig.*

- *Men vi har jo ikke badetøj?* spurgte han forvirret. Hun
rystede på hovedet ad ham.

- *Det behøver vi heller ikke.* Hun lod den silkefine
sommerkjole falde ned langs hendes krop og lande i det
våde græs. Så trådte hun forsigtigt ud af den og vendte
sig om mod vandet. Som en linedanser trådte hun
varsomt ned i vandet og lod langsomt vandet indkapsle
hendes nøgne krop. Hun så ikke ned på sit spejlbillede.
Hun vidste, at han nok skulle holde øje med hende.
Hun havde ingen grund til at være bange. Hun skulle
kun koncentrere sig om at færdiggøre sin forestilling.
Hun havde efterhånden lært at præstere foran et
publikum.

31

Det havde været en varm sommer, og det virkede ikke som om den i midten af august, endnu havde tænkt sig at slippe sit greb om de lidende stakler. Der var en stemning af, at ferien havde været for kort, men det var nok i højere grad en arbejdsskade af at arbejde med unge mennesker, som selvfølgelig hellere ville have fri, end at gå i skole. Det føltes som en bekræftelse af endnu en af de forbandede fordomme, han var stødt på; at lærere var dovne og kun valgte jobbet for at have lige så meget ferie som eleverne. Simon fik med det samme øjenkontakt med Hestehalen, som han satte foden indenfor på lærerværelset, og satte med det samme jagten ind for at finde et mere venligt stemt ansigt. Inden han fik etableret kontakt med ham, fangede han Jakobs blik, som lyste op for ham, og han gik målrettet over til sin frelser for at søge ly.

- *Hva' satan, kommer du allerede ind til direktørtid efter kun et år?* grinede Jakob og gav ham et kram. Han fortsatte med at tale til ham, mens Simon forsøgte at få sin puls under kontrol igen. Efter lidt havde Alvina inviteret sig selv ind i deres tomandsgruppe, og så følte han sig sikker igen.

Efter opstartsdagen fulgtes de ud på parkeringspladsen.

- *Skal du have et lift hjem*? spurgte Jakob og låste bilen

op. Simon nikkede og takkede ham. Så forlod de parkeringspladsen og lagde Katedralen bag dem.

- *Må jeg spørge dig om noget?* spurgte Simon forsigtigt. Jakob nikkede mens han orienterede sig fremad i en rundkørsel. - *Hvor meget ved du om SlotsMappen?*

- *Hvorfor spørger du mig om det?* sagde Jakob forvirret. Han lød næsten sur, forarget over at blive spurgt om sådan noget.

- *Jeg føler lidt, at det var en vigtig detalje at udelade, da du solgte mig jobbet.*

- *SlotsMappen har ikke noget med os at gøre. Vi er lærere. Det er vores opgave at uddanne dem. Det er ikke vores opgave at opdrage eller passe på dem. Vi skal ikke holde øje med dem 24 timer i døgnet. Hvad de laver i deres fritid, det er deres eget valg; og det er også deres lod at lære af deres fejl og leve med de ar og skrammer man pådrager sig, når man er ung og uvidende. Generationerne før dem har ar fra forfærdelige ulykker og dumme beslutninger. De ar er til for at minde os om vores fejl. Dem der er her nu, de får ikke ar på kroppen. De får ar på sjælen. Internettet glemmer ikke. Men det er deres lod. Det er det de skal leve under og navigere i.*

- *Føler du ikke vi har et ansvar?*

- *Jeg tror du vil komme til at høre mere for at tale med teenagepiger om, hvad de må og ikke må med deres kroppe. Jeg ved godt, hvad du mener. Jeg hører hvad du siger. Jeg går også ind for at være noget for nogen, når ikke man kan være alt for alle. Jeg er bare bange for, at det er en tabt kamp; og jeg nægter at gå ind i en kamp, der er tabt på forhånd, og som aldrig var min at kæmpe til at begynde med.*

32

- *Har du et minut?* Han havde egentlig travlt med at nå til næste time, men han kunne ikke sige nej til Freja, når hun så på ham med det blik.

- *Selvfølgelig,* svarede Simon og satte tasken tilbage på bordet.

- *Jeg vil gerne spørge til standpunktskaraktererne,* fortsatte hun forsigtigt.

- *Ja?* svarede han skeptisk.

- *Jeg ved godt, at du har helt styr på det, men jeg tænkte bare på, om det alligevel ikke var rart med en hjælpende hånd, nu hvor det virkelig betyder noget, og det er vigtigt vi får den rigtige karakter at søge videre med...*

- *Jeg er ikke helt sikker på, at jeg forstår hvor du vil hen med det?*

- *Det er bare fordi, at jeg ved hvad Matilde både fik af dig og ved prøverne i sommers, og jeg er bare så ked af det på hendes vegne, fordi jeg ved, de ikke er retvisende for, hvad hun kan.*

- *Er de ikke?*

- *Overhovedet ikke! Matilde er mindst lige så dygtig, som jeg er! Hun har bare ikke altid så nemt ved at vise det. Hun kan godt virke stille og usikker, men det er kun fordi, hun virkelig overvejer sine svar. Hun har et enormt ordforråd, så det tager nogle gange bare lidt mere tid at finde de helt rigtige ord. Det forstår du godt, ikke?* Det burde ikke give mening, men hendes blik gjorde ham usikker. Det lå langt fra den type lærer, han så inderligt ønskede at være.

- *Jo,* sagde han så, uden selv helt at tro på det.

- *Jeg skal nok kigge på det.*

- *Tak,* sagde hun og krammede ham. - *Jeg vidste jeg kunne regne med dig.*

33

Han havde sat sig på sin sædvanlige plads. Han havde bestilt det, han plejede at bestille. Det var den samme dag på ugen og det samme tidspunkt på dagen. Det var blevet en vane, som han ikke havde opdaget, havde sneget sig ind under huden på ham. Der var noget trygt i ikke at skulle tænke for meget over tingene. Det gav ham en ubevidst ro i kroppen. Det blev kun bedre med alkoholen. Det var et frirum. Nogen ville måske sige, at det balancerede på grænsen til at blive et problem. Sådan ville han aldrig selv opfatte det. Forskellen på at være alkoholiker og livsnyder var et spørgsmål om privatøkonomi. Lidt på samme måde som med gambling. Her var det bare direkte med livet som indsats.

Det var blevet en sport for ham at kigge på kvinder uden begær. Han kunne ikke forestille sig noget med nogen af dem alligevel. Ansigtet han så skiftede afhængigt af hårfarven. Nogle gange så han Freja. Andre gange Alvina. Men med det samme han så et ansigt, han genkendte fra Mappen, blev det ligesom at samle på frimærker for ham. Et mentalt spil "*Pokémon GO*" udspillede sig foran hans øjne: "Dig har jeg". Det var nærmest som hukommelsestræning. En form for pervers meditation. Et memoryspil uden samtykke. Som at være fluen på badeværelsesvæggen mens der var tændt for det varme vand. Det var først om morgenen, det gik op for ham, hvor beskidt han egentlig var blevet. Det var altid hans første tanke. Han væmmedes ved sig selv. Derefter kom den næste åbenbaring snigende: Alle de kvinder han kunne genkende.

Måske var det ikke ham der var syg. Det var først og fremmest systemet. Men var det måske ikke også lidt dem?

Simon vinkede bartenderen over for at betale. I mellemtiden fandt han sin pung frem og tog kortet ud. Han lagde det skævt på automaten. Ingen respons. Han blev bedt om at bruge chippen. Denne gang en fejlmelding. Han rakte bartenderen kortet og lod ham gøre et forsøg.
- *Den siger "afvist",* lød svaret. Simon kiggede uforstående på ham.
- *Det lyder sgu da underligt,* svarede Simon og tog sin telefon op af lommen. - *Kan vi prøve MobilePay?* Bartenderen nikkede. Simon swipede til højre. "Transaktion mislykket". I ren og skær panik tømte han pungen for kontakter og lod dem falde på bardisken. Simon skubbede dem over mod ham og forlod sin stol uden at gøre regnskabet op. I stedet gik han omtåget gennem gaderne, fanget af sine tanker. Hvorfor var hans kort pludseligt spærret? Han tjekkede sin

netbank, og spørgsmålet ændrede med det samme karakter. Der var ikke trukket en krone fra kontoen, men kortet var inaktivt. Pludselig gik det op for ham, at der kun kunne være én forklaring. Han fandt med det samme nummeret frem.

- *Det er Filip,* lød det i den anden ende.

- *Hvad fanden er det du har gang i?!* råbte Simon ind i telefonen.

- *Simon, min ven! Det er længe siden jeg har hørt fra dig! Hvad skyldes den store ære?*

- *Har du spærret mit kort?!*

- *Ah ja, det var nok det første, du ville lægge mærke til! Ja, det har vi vist nok. Du er jo gået helt i stå med din opgave, så jeg tænkte, at du nok havde brug for et venligt spark bag i. Det er jo ikke nemt at holde fokus, når du bruger din aften på at drikke dyre fadøl, når du skal jagte billige pigebørn for os i stedet for. Det er de forkerte "Gulddamer" du koncentrerer dig om, hvis du forstår sådan en lille én.*

- *Du skal overhovedet ikke blande dig i mit privatliv!*

- *Og du skal overhovedet ikke tro, at du har noget privatliv! Du har betalt prisen for din manglende kontrol over dine lyster. Du har solgt dig selv, Simon, og lige nu forhandler vi bare om, hvad prisen skal være. Jeg kan kun sige til dig, og tro mig når jeg siger det kommer fra hjertet, at jo længere du holder mig for nar, jo højere pris kommer du til at betale.* Simon var stille. Han turde ikke tænke på, hvad Filip ellers havde gjort. Måske ventede han bare på, at han fortalte det hele. Usikkerheden var det mest ubærlige. Tvivlen om hvor lidt kontrol han havde tilbage over sit liv.

- Lad mig give dig et godt råd, Simon, fortsatte han så. *- At arbejde for Mappen fungerer lidt på samme måde, som en minearbejder: Dragten på, ned i mørket, saml så meget kul, som der er luft til, og ud igen inden nogen kommer til skade. Men der er også forskellige roller, når man arbejder i en kulmine; der skal også være en kanariefugl til at advare arbejderne, inden det er for sent. Du ved også godt, hvad der sker med fuglen. Jeg ville ærgre mig hvis jeg var nødt til at ofre dig.*

34

Dørklokken brummede gentagende og utålmodigt. Simon talte til sig selv mens han nærmede sig entréen for at åbne. Alvina skubbede ham væk med skulderen i det sekund, han havde lukket hende ind, og han fangede ikke hendes anklager i efterbehandlingen af det chok, hun havde givet ham.

- *Hvad sker der?* spurgte han uforstående mens han iagttagede hende spejde igennem lejlighedens forskellige rum.

- *Hvor er hun?!* spurgte hun i en aggressiv tone mens hun ledte videre.

- *Hvad snakker du om?* fortsatte han i uvished. Til sidst måtte han gribe fat i hende for at få svar, men hun løsrev sig fra hans greb.

- *Ligger du og knepper dine elever?* udbrød hun anklagende mens hun nedstirrede ham.

- *Hvad fanden mener du?* sagde han som refleks i forsøget på at skjule, hvad hun måske vidste.

- *Jeg har set dine standpunktskarakterer* uddybede hun. - *Matilde er dum som en dør. Hun har fået 7-7 som belønning for sit hårde arbejde og en motivation for at bygge videre på det, men vi ved alle sammen godt, at hun ikke fortjener mere end 4-4. Kan du så forklare mig hvorfor hun har fået 12-12 i standpunktskarakterer?!*

- *Hvorfor skal du blande dig i mine karakterer?*

182

- Fordi jeg har bare en lille smule faglig stolthed, Simon!
Fordi mit arbejde rent faktisk betyder noget for mig!
Fordi jeg er ordentlig og professionel, og fordi jeg har en
vis standard...

- *HOLD KÆFT!* Hun kiggede forskrækket på ham. Han rystede. Han havde mistet kontrollen, men ikke tabt kampen. Han gjorde, hvad han var nødt til. Han kunne mærke vreden storme frem i ham.

- Du skal ikke be' mig om at holde kæft, Simon...

- Og du skal ikke komme uanmeldt og angribe mig i mit eget hjem! Jeg ved ikke, hvad fanden du bilder dig ind, men jeg vil ikke finde mig i det! Du skal på ingen måde anklage mig for at lave noget med mine elever! Du skal på ingen måde tro, at du kan bestemme over mig og mit arbejde; og du skal på ingen måde tro, at du er bedre end mig, mere ordentlig eller kvalificeret end mig, eller mere professionel end mig. Jeg ved ikke hvem fanden du tror du er, men hvis du er sådan, som du opfører dig lige nu, så vil jeg slet ikke have noget med dig at gøre længere. Det var som om tiden stod stille, og kun ventede på at nogen ville sige noget igen. Det gjorde de ikke. De stod og kiggede på hinanden, afventende på at støvet ville lægge sig, så de kunne se, om de havde overlevet eksplosionen. Der var ingen tvivl om, at de begge var blevet ramt, men det var endnu for tidligt at vurdere omfanget af deres skader. De så længe på hinanden. Han tænkte tilbage på, da han havde afvist

hende under julefrokosten. Dengang var han i tvivl om hvorvidt han havde truffet den rette beslutning. Det var han ikke her. Spørgsmålet handlede i højere grad om, hvorvidt hun fortrød hendes. Ligesom dengang havde hun gjort det i affekt af følelserne for ham. Nu var der ikke mange følelser tilbage. Hun så over på sofabordet og talte øldåserne. Så kiggede hun ham igen i øjnene.

- *Jeg kan ikke li' dig når du drikker,* sagde hun og forsøgte at holde øjenkontakt med ham.

- *Jeg kan ikke li' dig, når ikke jeg gør det,* svarede han og fjernede øjnene fra hende.

35

Hvis man endelig skulle snakke med en anden mand om følelser, fik man det bedste resultat ved parallelle blikretninger. Af samme grund var visse fritidsinteresser for mænd også mere dominerende end andre: Jagt. Fiskeri. Fodbold. Alt sammen aktiviteter, hvor man undgik at kigge en anden mand i øjnene. Man kunne bare være i elementerne, fingrene nede i materien, øjnene på bolden, fokus på hvad der betød noget. Og når man så var opslugt af den fælles opgave, så fandt man nogle gange tid til, hvad der også havde en værdi. Som når man havde den lille, forsvarsløse Bambi på kornet, og man tænkte på det liv, man var ved at fratage et andet væsen; så fandt man tid til også at snakke om det liv man havde tilfælles, mænd imellem.

De havde ikke lagt en plan. Det virkede for uoverskueligt for dem. Han havde heller ikke helt forstået hvorfor, da Simon ringede. Det var ikke noget de normalt gjorde, sådan nogle "far-søn-ting". Alligevel havde han takket ja, for der skulle jo være en første gang for alting, og når nu han havde ringet, så måtte det have været vigtigt for ham.

De var mødtes i udkanten af byskoven, og havde ikke aftalt andet end at gå en tur. Simon havde taget øl med, for det var en uskrevet regel, når to mænd mødtes til en aftale uden formål. Reglen var mere, at man altid kunne finde en undskyldning for at få en lille en.

- *Nå, hvorfor er vi her egentlig?* spurgte han endelig Simon, efter de havde gået tilpas længe i stilheden mellem de himmelhøje træer.

- *Jeg tænkte, at vi havde brug for at snakke lidt,* forklarede Simon tøvende, usikker på hvorvidt det var grund nok til, at de var der. Hans far nikkede mens han så ned på sine fødder træde ned i den fugtige jord.

- *Hvad skal vi snakke om?* fulgte hans far op.

- *Jeg ved ikke, om jeg har brug for et decideret råd. Jeg tror bare, at jeg har behov for at nogen lytter til mine tanker.* Man kunne næsten fornemme en dumsmart kommentar om psykologer, men de tog begge til takke med det usagte. I stedet nikkede han afventede på, at Simon uddybede sine tanker. - *Jeg har mødt en kvinde,* fortsatte Simon og kiggede kortvarigt efter sin fars reaktion. - *Jeg havde faktisk mødt to kvinder, men slap for at vælge imellem dem. I stedet er jeg endt op med den ene, som jeg måske nok også vil allermest med, men som jeg også er i tvivl om også vil mig nok.*

- *Nå, er det bare det?* spurgte hans far afklaret og roligt.

- *Sådan er livet med kvinder, Simon. Man ved aldrig, hvor man har dem. Sådan er det bare. Man vil bruge alle sine vågne timer på at forsøge at regne dem ud, men til sidst går det op for én, at det ikke handler om at forstå*

dem, men bare at stå med dem. Hvis du er glad for
hende, så skal du forsøge at blive ved hende. Hvis du
elsker hende, så skal du finde ud af, om du bør blive ved
hende.

- Hvad mener du med det?

- Hvis man virkelig elsker nogen, så ønsker man også
det bedste for dem, og det betyder også, at man er i
stand til at vurdere, om man selv er den helt rigtige.

- Tænker du også det om mor? Det kom uventet og
uprovokeret. Han havde vendt samtalen på hovedet i et
uforsigtigt øjeblik.

- Hvad er det du spørger om nu? spurgte hans far
forsigtigt.

- Jeg tænker bare, at det må være en konstant
usikkerhed, som du også må kende til efter så mange år.
Spørger man stadig sig selv, om hun fortjener bedre?

- Det er en tanke, der aldrig slipper dig. Du lever i, og
med din usikkerhed. Da jeg mødte din mor, da troede
jeg, at jeg var kørt forkert og endt i "Nordens Paris". Jeg
kaldte hende min "Prinsesse af Aalborg". Jeg gjorde alt
det man gør, ikke fordi det føles rigtigt, men fordi man
føler, at man ikke har andet valg. Sådan er det at være
forelsket. Du gør ting i blinde. Når du elsker nogen, så
gør du ting, du ved er rigtige, også selvom de føles
forkert. Du er villig til at gøre alt det der gør ondt, fordi
du ved det er nødvendigt. Du ofrer dig selv, også selvom
du ved, at du kan være tabt for evigt.

187

- Kærlighed lyder barsk.

- Livet er barskt. Der er ingenting der er nemt. Det er livets præmis. Det der bare er så underfundigt er, at det til sidst går op for én, at man hellere vil føle smerte, end ikke at føle noget overhovedet. De fortsatte mens de lyttede til den mudrede jord slippe deres fodsåler. Det eneste der brød rytmen, var slupren fra de kolde øldåser eller de brækkende grene under dem. Stilheden steg i takt med promillen. Til sidst var nogen nødt til at have drukket mod til sig.

- Du skal ikke sige det til din mor, afbrød faren stilheden igen. *- Hvis hun får snerten af et parhold, så forventer hun med det samme børnebørn.*

- Bare rolig, grinede Simon. *- Med al respekt for mor, så tror jeg ikke helt vi er dér endnu.*

Han knappede den sidste skjorteknap ind og kiggede på sig selv i spejlet mens han studerede den kedeldragt han var tvunget i. Han vidste godt, at Freja ikke var meget for hvide skjorter, men for ham handlede det ikke så meget om, hvordan han så ud eller følte sig. Det handlede i højere grad om at sende et signal til hende om, at han gjorde sig umage. Det bildte han sig selv ind betød noget for piger, der var sammen med ældre fyre. At de gjorde en indsats og behandlede dem ordentligt. Det var også det, han ønskede han gjorde. Han ville behandle hende som hun fortjente. Det var måske det hans far havde snakket om, den forbandede kærlighed.

188

Han ringede på døren og ventede mens han kortlagde
området for potentielle vidner til den store mission. Der
var intet, der virkede unaturligt for ham. Villavejen var
stille, og det eneste der bekymrede ham, var enkelte
lysfyldte ruder med summen af familiær hygge under
aftensmaden. Det så rart ud. Han havde planlagt at
tage hende væk fra de vante omgivelser. Give hende en
oplevelse hun aldrig havde fået før, sparke benene væk
under hende og gribe hende i sine arme, sådan som
man gør på film. I aften skulle det kun handle om
hende. På den måde kunne han sikre sig, at han selv
var nået i mål. Endelig gik døren op, og Freja kom til
syne i døråbningen, men ikke med en grimasse der
passede til hans forventninger, om det der skulle til at
foregå.

- *Hvordan er det du ser ud?* spurgte hun forvirret og
fniste ad ham, på den måde som kvinder var fabelagtige
til, og hvor de fjernede enhver form for selvsikkerhed og
fyldte en med sin værste frygt og tvivl.

- *Vi skal ud!* forsøgte Simon at sige selvsikkert, men
end ikke han troede længere på, hvad han havde sat i
verden.

- *Ej, Simon, det mener du ikke. Hør lige, mine forældre er
ikke hjemme, kan vi ikke bare blive her og chille?*
"Chille"? Han vidste godt, hvad hun mente. Det var
noget unge sagde, uafhængigt af hvad de skulle lave
sammen. "Hænge ud" havde han selv sagt da han var

189

yngre. De hang aldrig nogen steder. Problemet var bare, at Simon ikke havde tid til at tage den med ro. Jorden brændte allerede under hans fødder. Han var ikke i stand til at sige nej til hende. Han trådte indenfor og smed jakken. Hun behøvede kun at sende ham et diskret blik, og så havde skjorten også forladt hans overkrop på en brøkdel af den tid, han havde brugt på at få den på.

De gik ind i stuen og hun gik over til farens barskab. - *Du kan smide dig på sofaen mens du fortæller mig hvad du drikker,* sagde hun mens hun inspicerede skabet for dyre dråber.
- *Overrask mig,* sagde han i afmagt. Han var ikke længere i kontrol. Hun fandt to krystalklare Glencairn-glas frem og stillede dem på bordet foran ham. Hun drejede forsigtigt den mørke prop af buretteflasken og hældte forsigtigt op til dem begge. Så satte hun sig ved siden af ham og skålede. Han lugtede til den colabrune væske mens hun lagde hovedet tilbage og tog alting ind. Så stillede hun demonstrativt glasset tilbage og rystede sin krop i vildskab, som var hun blevet besat af dæmoner. Pludseligt virkede det ikke længere som en god idé, men det var for sent at sige fra. Han tog en slurk og følte sin mund blive fyldt med tjære, og han sank den klistrede masse mens aromaen af den sorte hospitalssprit penetrerede hans mundhule. De så på hinanden, og hendes smertefulde ansigtsudtryk blev

190

erstattet af en munter mine, som morede sig kosteligt på Simons bekostning.

- *Nu skal du ikke omkomme på grund af mig,* grinede Freja og lagde armene om hans skuldre. Han hostede den sidste ondskab ud af kroppen og lagde hovedet forsigtigt mod hendes hage. Hun krammede ham og nussede omsorgsfuldt hans hår. - *Kan du holde til mere?* spurgte hun og kyssede ham på panden.

- *Lover du at passe på mig?* spurgte han og smilede op til hende.

- *Jeg troede du havde lovet, at du ville passe på mig?*

- *Jeg skal nok være blive her, men lov mig, at vi ikke skal have mere af det der modbydelige stads.* Hun rejste sig og gik tilbage til skabet, og trak den øverste skuffe ud. Hun tog en skrøbelig papæske frem og bar den forsigtigt tilbage til sofaen, alt imens Simon kiggede afventende på Pandoras æske, hun bar i hænderne. Hun åbnede den og tog en lille hvid pind op.

- *Har du nogensinde været skæv?* spurgte hun og nulrede jointen mellem fingrene. Det havde han ikke, men ville ikke gøre sig selv mere til grin, end hvad der allerede var tilfældet.

- *Ja, jeg har røget en del,* løj han instinktivt. - *Ikke et misbrug, du ved. Bare til fest og sådan. For at koble af.*

- *Jeg har altid gerne villet prøve det,* fortsatte hun. - *Men de andre tør ikke. Så jeg har ventet lidt til at finde en erfaren at gøre det med.*

- Er du bange?

-Narjh, det tror jeg ikke. Mere spændt, forstår du? Det er jo ikke farligt på den måde. Det er bare rart hvis ikke man behøver at stå alene med det. Han nikkede. Gid det var så let. Hun tog en lighter op fra æsken og placerede pinden mellem sine læber. Flammen rejste sig og brændte om kap med skumle intentioner. Så inhalerede hun røgen og fremprovokerede et host på højde med det, hun havde hånet ham for minutter tidligere. Hun rakte ham hashen mens hun hostede for lungers fulde kraft, og han sugede ind og fyldte munden med røg, alt imens han forsøgte at give hende omvendt hjertemassage i frygten for at miste hende. Han pustede røgen ud, og hun tog pinden tilbage igen. Det var ikke alt, der skulle lykkes første gang. Hun prøvede igen, denne gang med et mere skråsikkert resultat.

De lå og kiggede op i loftet mens de skiftedes til at fylde sig selv med brændstof til at svæve længere væk. Da hun havde givet ham pinden igen, drejede hun hovedet og så på ham.

- Skal vi ikke gå ind i sengen? Jeg skal ligge blødt. Han nikkede og satte sig op. Hun rejste sig først og lod sine hofters dans være vejviser. Han rejste sig og fulgte trop.

Det føltes som om, de havde ligget der i en evighed, og han tog telefonen op for at tjekke tiden. Der var en besked på displayet, skærende i øjnene og

192

gennemtrængende af modlyset. "Du er ved at løbe tør for ilt" stod der. Han behøvede ikke at vide mere.

Han kærtegnede hendes nøgne ryg mens han talte sine hjerteslag og lyttede til sit åndedræt. Hendes hud var glinsende, svedig efter hvad der var sket mellem dem forinden. Det gjorde ham ikke noget. Det var ikke en lugt, han behøvede at vaske af. Hun vendte sig om og kiggede ham i øjnene. Hendes blik flakkede mellem hans øjne.

- *Er jeg stadig dumsmuk?* spurgte hun og smilte forsigtigt.

- *Du er smuk, mens jeg vist bare er dum,* sagde han og smilte tilbage. Hun grinte og kyssede ham. Så rejste hun sig og lod sin guddommeligt smukke krop komme til syne. Hun bukkede sig efter et par trusser mens han strakte sig efter sin mobiltelefon.

- *Hvad er klokken?* spurgte hun og trak dem op. Han mumlede et par tal, som hun alligevel ikke var interesseret nok til at bide mærke i. Han kiggede op og blev fanget som en hjort i forlygterne. Da gik det op for ham, at det var ham der sad bag rattet, og lyset i virkeligheden var et flash fra en kameralinse.

36

Simon havde startet undervisningen, som han plejede.
Den mindste bevægelse var indstuderet og repeteret til
uendelighed. Han følte ikke længere, der var noget, der
kunne overraske ham. Alt var timet og tilrettelagt ned
til sekundet, lige fra det øjeblik han trådte ind ad
døren. Hvert oplæg memoreret ned til den enkelte
stavelse. Han vidste præcist, hvordan han skulle lægge
trykket på ordene. Han forestillede sig ligefrem at
kunne forudsige, hvem der ville svare på hvilke
spørgsmål. Det var blevet en leveregel for ham. Han
skulle altid gå ind til tingene med en overbevisning om,
at han havde styr på alt. At han var i konstant kontrol.
Det betød ikke noget, hvad han kastede sig ud i. Han
havde undveget så mange kugler, at han følte sig
uovervindelig. Hvis nogen skulle få ham ned med
nakken, så var de nødt til at bringe deres tungeste
skyts.

Der var mange fraværende. Bordplanen passede ikke,
men det skulle ikke slå ham ud af kurs, at der
manglede gæster ved nogle bordkort. Der var ikke noget
så dårligt, at det ikke var godt for noget. Det var
efterhånden også det, der blev skreget allermest efter,
klassenormeringer som gav underviseren mulighed for
at høre sine egne tanker over menneskehavet af
pubertære teenagere. Det gjorde det alt andet lige

lettere at se flere, jo værre der var. Han havde udleveret den sidste opgave og var på vej tilbage til tavlen da døren til klasseværelset gik op. Freja gik bestemt ned til sin plads og satte sig med korslagte arme.

- *Hej Freja,* sagde Simon roligt og smilte til hende. - *Dejligt du ville komme.*

- *Som om du skal bestemme hvornår jeg skal komme,* svarede hun arrigt. - *Det vil du måske gerne, eller hvad?*

- *Hvad snakker du om?* spurgte han forarget.

- *Ja, som om du ikke ved det. Du elsker åbenbart at kontrollere andre, så hvorfor skulle du ikke gerne ville det?* Han så uforstående på hende, og blev ikke klogere af hendes blik, der tydeligt havde en helt anden opfattelse end ham. Hun ventede på hans erkendelse. Han vidste ikke, hvad han havde gjort forkert.

- *Freja, er du ikke sød lige at komme herop?* spurgte han imødekommende og forsøgte at opbløde situationen.

- *Jo, selvfølgelig vil jeg det, Simon. Vil du også gerne have, at jeg sutter din pik foran klassen, eller hvad?* svarede hun krigerisk.

- *Hvad fanden er der med dig?*

- *Nårh, det ved jeg ikke, det kunne jo bare være at jeg skulle øve mig på et liv uden et rigtigt job, for det har du ligesom ødelagt for mig, ikke? Men hey, hvor slemt kan det være, du har jo ikke engang en rigtig uddannelse!*

- *Freja, er du sød at slappe lidt af og fortælle mig hvad det er der foregår?*

- Gu' vil jeg da ej, din spasser! Sidst jeg var sød ved dig, der fik du mig i FUCKING MAPPEN! Han nåede ikke at dukke sig helt, før bogen torpederede imod hans ansigt. Han opfangede ikke skybruddet af skældsord fosse ned over ham, men var i stedet optaget af at stoppe blødningen, der styrtede ned fra hans øjenbryn. Det lød som om hun sparkede døren op, men han var ikke i tvivl om, at hun smækkede den i med et brag. I magtesløsheden kom Markus ham til undsætningen og hjalp ham på benene mens han pressede en pakke lommetørklæder ind mod det åbne sår. Han begyndte langsomt at få klarsyn over de måbende ansigter, der beskuede ham fra publikumsstolene. At se en enkelt i øjnene var nok til at indse, hvad der var sket. Han skubbede Markus væk og stormede ud af klasselokalet. Med bestemte og hurtige skridt tog han turen ned ad gangen og åbnede døren ind til Hestehalens undervisning, hvor han ikke sansede styrtblødningen, men kun at det var Simon, der stod i døråbningen; til stor irritation for ham.

- Undskyld mig, men hvad fanden laver du, Simon? snerrede Hestehalen ad ham.

- Thor, jeg skal lige snakke med Filip, svarede Simon under sit åndedræt.

- Du skal ikke snakke med nogen lige nu. Vi har time.

- Thor, jeg er NØDT til at snakke med Filip nu.

- Hør dog efter hvad manden siger! råbte Filip fra sin

plads. - *Måske skulle du få styr på din menstruation i stedet for!* Han kunne nærmest høre blodet ramme gulvet. Så blev alt sort.

Da han kom til sig selv igen, var det første der fangede hans blik Filips blodindsmurte ansigt. Hestehalen holdt ham tilbage sammen med en anden elev. De trak ham ud af klasselokalet mens han bemærkede blodet på sine sko, der slæbte hen ad gulvet. I små sekvenser kom de sidste 30 sekunder tilbage til ham. Det ringede for hans ører. Han havde ømme knoer, der i bølger smertede ham som var de forbrændt. Det var i takt med blodet der pumpede igennem hans krop, ustadigt og tilfældigt. Han så Jakobs ansigt, men hørte ikke hans ord. Jakob skubbede drengen, der holdt den anden side væk, og hjalp så Simon på benene igen. Han sansede kun Hestehalens kropssprog, men ikke versalerne, der eksploderede ud af munden på ham. De fik ham ind på lærerværelset og placeret ham i en stol med armlæn. Der sad han så og lænede sig tilbage.

Han sagde ingenting. Kiggede ikke på nogen. Han sad kun og målte sin puls, det eneste han følte, han havde en reel chance for at mestre. Det sidste ansigt han sansede, var Alvinas. Han kunne se, hun græd. Han kunne ikke mærke, om han selv gjorde, men han ville gerne tro at han gjorde; og hvis han gjorde, at han så gjorde det af glæde.

197

Der var en tung stemning i lokalet. Der var ingen vej udenom. Det vidste de alle godt. Det var tale om en regulær bortvisning. Så meget fik Simon alligevel fat i. Han forstod også, at hans manglende eksamen havde fundet vej op til overfladen. Men mere var der i virkeligheden ikke i det for ham. Det var der heller ikke for dem. "Brillen" læste op, hvad han havde forberedt, men stoppede gentagende gange op og kiggede undrende på det, der var skrevet. Han havde også selv svært ved helt at tro på de ting, han sagde. For ham var det et nederlag. Et hak i stoltheden. Han havde ikke blot haft ansat en svindler og en bedrager; han havde også haft ansat en voldsmand og en psykopat. Men det største nederlag lå i hans magtesløshed. Filip ville ikke rejse tiltale mod ham. Han ville også gerne undgå for mange historier på en mand, de havde haft ansat så længe, som det var tilfældet. I stedet bad han Simon om at forblive tavs. Han bad ham om aldrig at vise sit ansigt på skolens grund igen. Han bad ham om aldrig at nævne sit arbejde det sidste halvandet år til nogen. Til sidst rakte han ham hånden. Han holdt fast mens han kiggede ham i øjnene. Det var vigtigt at holde på formerne. Det var nødvendigt, at mindst én kunne opføre sig anstændigt.

Simon sad alene i midten af rummet. Han havde altid drømt om at være i fokus, men nu følte han ellers, han havde været midtpunkt længe nok. Han havde sagt lejligheden op med det samme, og nu forsøgte han at forberede sig til et uoverskueligt ventespil, hvor han mest af alt, bare havde lyst til at komme væk fra det hele. Han havde haft et ocean af muligheder oppe at vende i sit hoved, men stoppede sine drømme, inden de blev til mareridt. Det var som om han havde overset noget. Han havde i hvert fald fornemmelsen af, at intet var afgjort. Der var et punktum, der manglede at blive sat, noget manglede at ske, og nogen manglede at gøre noget. Det var en underlig fornemmelse. Han kunne ikke spore sig mere ind på det, andet end erkendelsen af, at han nok selv var røget helt af sporet. Det gjorde ondt på ham at sige til sig selv. Han var blevet så god til at sige, at han bare var punkteret, og ikke gået i stå, men nu sad han bare i tomgang. Motoren var tændt, men han havde ikke noget sted at køre hen, og ikke modet til bare at sætte sig selv i gear og tage afsted. Han havde behov for, at nogen skubbede ham i gang.

Han sansede telefonen vibrere på kanten af stuebordet, og han greb den, som den faldt ud over og ned i hans hånd. Han kendte ikke nummeret, men havde ingenting at miste.

- *Hallo?* sagde han og afventede en stemme i den anden ende.

- *Hey Simon, det er Andreas,* lød den velkendte røst gennem højtaleren.

- *Andreas! Har du fået nyt nummer*? spurgte Simon

forvirret.

- *Det er mit arbejdsnummer. Hva' så, brormand,*
hvordan går det? Det skar i hjertet på ham at høre det
spørgsmål. Han havde løjet for mange gange. Heldigvis
reddede Andreas ham, inden han nåede at sige mere: -
Nu skal du høre, jeg er på vej hjem et smut forbi for lige
at hilse på mor og far og sådan; jeg tænker jeg kommer
forbi dem engang i morgen. Kunne det ikke være
hyggeligt at tage en middag med dem? Jeg er helt
hjernedødt blevet sat af en historie, så nu tænker jeg lige
at komme hjem og få lidt ro på, slappe lidt af, du ved...
Det var den starthjælp, Simon havde manglet. "Blevet
sat af en historie". Hvis der var noget, han havde
kæmpet med de sidste 18 måneder, så var det en gyser,
der var nødt til at komme op til overfladen og se dagens
lys. Hvis nogen skulle være i stand til at løfte den
opgave og føre retfærdigheden til sejr, så var det
Andreas. Han var sandhedens helligste repræsentant.
Han skulle skrive fremtidens testamente.

- *Jeg har faktisk den helt rigtige historie til dig, Andreas.*
Jeg har et scoop om noget stort, som du vil elske at blive
en del af.

- *Det lyder spændende! Lad os tage den i morgen, ikke?*
Jeg sidder i noget trafik nu, så... Mere sagde han ikke.
Mere var der ikke nogen, der nåede at sige. Mere var
der ikke behov for at sige. De vidste begge, at det nu
kun handlede om at tælle timer. Nu var det kun et

spørgsmål om tid. Han nåede ikke at lægge telefonen fra sig, før den begyndte at ringe igen. Denne gang ingen cifre på displayet. Han tog den op til øret: - *Hallo?* - *Simon,* lød det forvrænget i den anden ende. - *Vi ved godt, hvad du prøver på. Der er ingen historie. Der er ingen beviser. Der er intet håb. Der er kun mørke. Læg dine vrangforestillinger fra dig. Du kommer aldrig ud. Vi ejer dig. Du må aldrig glemme: Vi ser alt, hvad du laver. Vi hører alt, hvad du siger. Du har blottet dig for os. Intet kan holdes hemmeligt længere. Hold Mappen i sikkerhed; ellers kan du ikke vide dig sikker.*

37

Han blev vækket af dørklokken. Han forsøgte at afkode klokken på digitaluret ved siden af sengen, men hans syn var sløret af lige mængder tømmermænd og manglende søvn. Han forsøgte at vende sig på den anden side, men dørklokken ringede insisterende, højere og højere igennem lejligheden. Han fik et par grå træningsbukser på og trukket en halvbeskidt t-shirt ned over hovedet, og gik derfra i en alkoholiseret balancekunst ud til entréen, som han fik åbnet efter en kamp med smæklåsen. Han zoomede ind på manden foran ham, men kunne kun fokusere på de grønne øjne, der gemte sig bag de fedtede brune lokker og den udforede hætte. Han kiggede ned på fingrene der dansede nervøst på mandens lår. Da kunne han genkende ham.

- *Kan vi snakke?* spurgte Markus nervøst. Simon spærrede øjnene op. Han skubbede ham væk fra døren og bad ham med tegnsprog om at blive stående. Så gik han tilbage ind i lejligheden, og vendte tilbage til opgangen med et stykke papir og en kuglepen. Han skriblede som gjaldt det hans liv, og stak så Markus sedlen. Han så forvirret på den, som var det doktorstreger på en recept, men beskeden var klar. Han så tilbage på Simon og nikkede. Så vendte han sig om og gik uden at sige et ord.

De mødtes i Pilehaven. Det var mere vådt end koldt, hvilket var uvant i forhold til årstiden. Normalt ville man i byen udnytte muligheden for at lokke kunder ind i butikkerne med "hygge og hjertevarme", men nu handlede det mere om bare at finde ly for regnen. Der var ikke en sjæl at se omkring dem. Markus var kommet først. Simon havde taget sig god tid. Han var usikker på sin beslutning, men det handlede mere om, hvad han potentielt kastede Markus ud i. Han så ikke Markus, som en person der gik op i, hvad andre tænkte om ham, men omvendt skulle Simon også være den voksne. Han skulle tage ansvar og vise, at han vidste bedre end en forvirret og depressiv teenager, der kun gik op i de fiktive karakterer i et ligegyldigt skydespil. De blev enige om at gå frem og tilbage i haven. Den samme sti, én-til-én, fodskridt for fodskridt. Han havde ingen idé om, hvorfor Markus var kommet, og samtidig virkede Markus ikke som en, der havde tænkt sig at forklare sig. Han var en mand af få ord. Det kunne Simon lære noget af. Hvad hjalp det at kunne tale i en verden, hvor ingen var i stand til at lytte? Hvis bare flere var i stand til at holde deres kæft.

- *Er det en god idé vi gør det her?* spurgte Simon og brød stilheden mellem dem. Markus nikkede.

- *Alle ved hvad Filip laver,* sagde Markus mens han bestemt kiggede ned på fødderne, der bevægede sig foran ham. - *Alle vil også sige, at de synes det er ulækkert, men vi ved jo godt, at det er en gratis holdning. De, som ikke har noget i klemme, de synes jo det er fedt, at Mappen eksisterer. Sådan har det altid været.*

- Men hvorfor er det sådan?

- Er det ikke bare sådan verden fungerer? I sidste ende tænker alle på sig selv, og der er ingen, man kan stole på, når det virkelig brænder på. Problemet med Mappen er, at man lever i konstant uvished. Hvis man vidste, at andre kunne finde én på PornHub, så var man også klar over, hvordan man skulle forholde sig til det. Her ved pigerne ikke, om de er købt eller solgt. De kan aldrig vide sig sikre. Hvem er i Mappen, og hvem har adgang til Mappen? Det er gætterier.

- Men kan de, som går ind i det virkelig ikke se, at det er forkert?

- Det finder de jo ud af, når de prøver at komme ud af det igen. Det lykkes ikke for mange. Nogen skaffer penge nok til at købe sig ud. Det er en pris, der stiger for hver gang det lykkes for nogen. De ser muligheden for at hæve prisen, når først én har været villig til at betale en højere pris end den forrige.

- Er der nogen, der har prøvet at komme ud på andre måder?

- Du kan jo nok godt regne dem ud; politiet, vold, trusler, flugt... Tilbud om andre "aftaler". De er ikke til at ryste. Det handler om enten penge eller magt. Intet andet.

- Nogen må sgu da gøre noget!

- Det er det vi venter på. At der endelig kommer en frelser. Simon så uforstående på ham. Han virkede rolig omkring det hele. Opgivende og afklaret. Som om det var en tale, han havde været tvunget til at give hundredvis af gange, hver eneste gang med det samme resultat. En ny udfordrer på vej ind i en kamp, han havde tabt på forhånd.

- Der er en, jeg gerne vil have du skal møde, sagde Markus og kiggede på ham for første gang, siden de stod i opgangen og planlagde deres møde over en sammenkrøllet serviet. *- Jeg tror, at han kan besvare dine spørgsmål.*

Lugten var tyk af cigarrøg fra øjeblikket de trådte ind i forgangen. Tapetet var ved at skralde af for oven, og Simon havde aldrig set så mange jakker hænge på en stumtjener før. Markus førte ham ind gennem stuen og ned til et værelse for enden, hvor han stoppede og bankede på. En hæs stemme kaldte dem ind, og Markus kiggede tilbage på Simon med et kontant blik: Var han klar til det?

Han havde gråt, bølget hår. Han havde tørre læber, som sprækkede når han åbnede munden. Når han talte, kunne man øjne de skarpe hjørnetænder, der stak ud som et sultent rovdyr. Hans hud var fedtet og hans ansigt blegt, som var det malet i en form for knækket hvid. Han talte til han ikke havde mere luft, og hostede sig så tilbage til live igen. Der var en fastlåst nerve ved det ene øje, som dunkede som en jungletromme. De satte sig ned ved hans bord og iagttagede ham skrive kragetæer på et gult stykke papir. Han var venstrehåndet. Det var ikke en undskyldning for håndskriften.

- *Jeg har taget en ven med, Johannes,* sagde Markus stille mens Johannes skrev videre på sine ulæselige noter. - *Han hedder Simon. Simon kender til Mappen, men er ærlig i sine hensigter. Han er en drømmer ligesom dig, Johannes.*

- *Drømmer som mig? HA!* grinte Johannes og hostede igen. - *Der findes ikke andre drømmere! Jeg er det sidste eksemplar! Alle de andre er blevet dræbt i deres mareridt! Jeg lever stadigvæk i min underbevidstheds limbo!*

- *Simon er anderledes, Johannes. Han drømmer om det samme som dig.* Johannes' hånd stoppede, og han lagde kuglepennen fra sig. Så kiggede han op på Simon, som skulede tilbage mod ham.

- *Det er jeg ked af, min dreng. Jeg håber du vågner op igen. Der er intet ved at være en drømmefanger. Man skal skabe sine egne drømme, ikke jagte andres.*

- *Jeg er ikke sikker på, at jeg forstår?* svarede Simon forsigtigt. Han virkede skør.

- *Simon er fanget i Mappen,* overtog Markus igen.

*- Men han vil gerne stoppe dem. Det er derfor vi er
kommet.*

*- Jeg ved hvem der styrer det. Jeg ved bare ikke,
hvordan vi kan få sat en stopper for det.*

- Tillykke; men du kan ikke stoppe Mappen, sagde
Johannes nedslående til Simon. *- Og så er jeg ligeglad
med, hvem eller hvad du tror du ved. Hvis du tror, at det
handler om én person, så tager du fejl. Mappen har
eksisteret før, du overhovedet er kommet til. Også langt
før de næste i rækken af djævle har overtaget dens
arbejde. Det handler ikke om en tovholder eller et
bindeled. Han eller hun er bare den næste i rækken. Der
vil altid komme en ny til. Det ligger gemt dybt inde i
menneskets natur. Ønsket om at ville have det, man ikke
kan få. Drømmen om at være i kontrol. Det er ikke en
flamme, du kan slukke. Din ild er ikke stærk nok alene.
Jeg er ked af at måtte skuffe dig, og af at spilde jeres
tid. Tak fordi I kom, men I må gerne gå igen.* Johannes
vendte tilbage til sine skriblerier, og Markus sukkede.
Så rejste han sig op og bad Simon følge efter. Simon
blev siddende. Han havde svært ved at forstå, hvad han
lige havde oplevet. Markus forsøgte at skynde på ham,
men uden held. Til sidst lagde han en hånd på Simons
skulder, men Simon rystede den af sig.

- Hvad fanden er det lige, der sker her? sagde han arrigt
og kiggede op på Markus. *- Du har taget mig med om til
en eller anden tosse, der taler i tåger omkring den skide*

*mappe, og så skal vi bare gå igen, fordi jeg ikke er lige
så engageret omkring drømmetydning og pyromani, som
han er? Undskyld mig, men hvad foregår der her? Hvad
er det lige præcist grunden er til, at vi skulle herom,
Markus?*

*- Johannes vil ikke hjælpe, Simon. Der er ikke, noget jeg
kan gøre. Vi må finde på noget andet...*

- Jeg VIL ikke hjælpe?! afbrød Johannes arrigt. *- Du ved
udmærket godt, at der ikke er noget, jeg hellere vil end
at have den mappe stoppet, og få synderne sendt tilbage
i skærsilden; men jeg kan ikke! Vi kan ikke stille noget
op. Det er en tabt kamp. Det kræver noget særligt at få
det stoppet. Det handler om at sende et signal, ikke bare
til dem som opretholder Mappen, men også alle andre.
Det kræver en fælles indsats. Det kræver, man tager
afstand til den. Afstand, det er noget man tager, det er
ikke noget, der bliver givet til en. Så længe der er
kronprinser, så betyder det intet at fjerne kongen. Jeg
ved virkelig ikke, hvad det er du vil have mig til at sige,
Markus...*

- Forklar mig lige... sagde Simon og stoppede Johannes
i sit nærtstående dødvande. *- Hvad er det lige din aktie
er i det her?* Markus tog sig til hovedet og vendte sig om
mod væggen. Johannes rejste sig og gik om til en reol
bag ham. Han tog en læderbrun mappe ned og lagde
den på bordet foran ham. Så begyndte han at bladre i
den. Til sidst fandt han et nøje udvalgt billede og vendte

208

Mappen om mod Simon mens han pegede på det i kanten af det halvbeskidte fotografi.

- *Det er min datter,* sagde han lavmeldt mens han kærtegnede hendes ansigt. - *Og Viola er også et offer for Mappen. Det lå ellers bare ikke i kortene, at Viola skulle ende med at møde den utaknemmelige og ubarmhjertige skæbne, som Mappen tager med sig. Ser du, Viola var ikke en af den slags piger. Hun var en stille og genert pige, fløj med strømmen, når det var ligegyldigt, og gik sine egne veje når det handlede om noget, der rent faktisk betød noget for hende. Hun havde ikke behov for at gøre et stort væsen ud af sig selv. Hun var bare den hun var, og hvis hun oplevede, at andre ikke gav hende noget konstruktivt, så trak hun sig bare. Hun ville ikke spilde sin tid på mennesker, som ikke var værd at samle på. Hun var nok også lidt for forsigtig til tider. Hun ville helst ikke kaste sig for meget ud i det ukendte, og hun brød sig heller ikke om at være sammen med mange mennesker på én gang. Hun var ikke en uromager. Hun skabte ikke problemer for andre, og gjorde alt hvad hun kunne for ikke at skabe problemer for sig selv. Jeg tror faktisk, at hun var meget vellidt, som Viola nu engang kunne være det. Hun havde få, men tætte venner. Hun var heller ikke typen, som altid bare gik hjem alene efter skole. Hendes lærere roste hende til skyerne til forældresamtaler; også selvom der ikke altid var så meget at tale om. ”Viola er jo ikke en som siger så* meget". Det vidste hun godt, og det gjorde ikke mig noget personligt. Som om det pludseligt skulle være noget dårligt? Hvad hjælper det også at kunne tale i en verden, hvor der ikke er nogen til at lytte? Viola, hun var praktisk anlagt. Hun gik til spejder i mange år, og elskede naturen. Det var som om naturen var et fristed. Hun elskede at binde knob og skære i træ, ikke at skulle tænke over alting hele tiden. Det er en sjældenhed i dag. Det bare at kunne give sig hen og lægge al sin tid og energi ind i det man elsker, i stedet for hele tiden at skulle gå op i popularitetskonkurrencer og likes. At tænke over hvad andre synes om dig. At vente på mobiltelefonen vibrerer, og man igen kan blive trukket væk fra virkeligheden.

Viola havde især én tæt veninde. Rie hed hun. De var uadskillelige som små. Rie var en god pige. Et lille, uskyldigt væsen, ligesom Viola selv var. De var som to dråber vand. To alen af et stykke. Rie og hendes forældre kom her også tit. Det var indtil Ries far, Marten, blev syg. Det kom som et godstog med 200 kilometer i timen og smadrede deres dagligdag. Han var syg længe. Han forsøgte ellers at skjule det. Der var ingen, der skulle have ondt af ham. Sådan var Marten ikke. Man skulle ikke have indtrykket af, at han var svag. Han skulle nok klare sig, sådan sagde han. Så fra den ene dag til den anden, der blev han pludselig i sengen. Sådan føltes det i hvert fald. Det kom lidt som et chok for

210

os alle. Vi vidste jo ikke rigtigt, hvor ondt han havde det. Det havde han så. Han havde rigtig ondt. Kræften havde spredt sig. Han blev hurtigt ligbleg og udmagret. Han var ikke til at kende. Han var ikke sig selv mere. Der var nærmest ikke en celle i hans krop, som kræften ikke havde overtaget. Han lå der ikke længe. Heldigvis for det. Han blev hurtigt taget ud af sit smertehelvede. Han fortjente ikke at lide.

Jeg ved ikke, om jeg blev en faderfigur for Rie. Det ved man sjældent, før det er overstået. Jeg forestiller mig lidt, at I lærere har det på samme måde. Man skal være en rollemodel, men finder først ud af, om man lykkedes den dag, man går på pension. Jeg forsøgte at være et ordentligt menneske. Jeg forsøgte at være der for Rebekka, Ries mor. Jeg kendte selv til det at have mistet sin partner, det menneske man troede skulle være livsledsager indtil ens sidste åndedrag. Det er det eneste, der er garanteret her i livet. Døden gør sin entré før eller siden. Rebekka havde brug for, at nogen var der. De boede her en overgang. Viola og Rie delte værelse. Rebekka og jeg delte seng for en nat. Det kunne jeg ikke være i. Jeg kunne ikke se mig selv i øjnene. Derfra sov jeg på sofaen. De boede her i en måneds tid, vil jeg tro. De blev bedt om at blive så længe, der var behov for. Rebekka ville ikke være påtrængende. Det var hun ikke, men jeg beundrer hendes selvindsigt. Der er rigeligt med mennesker i dag, som ikke kender deres besøgstid, og som bliver længere end hvad godt er.

Det var helt sikkert i starten af teenageårene hvor Viola og Rie begyndte at gå hver sin vej. Rie begyndte at interessere sig for drenge. Det gjorde Viola ikke. Om det hang sammen med Rebekkas eksperimenteren på hjemmefronten, vil jeg ikke gå ind i. Vi lever bare også i en verden i dag, hvor kvinder som Rebekka kan være interessante for mange mænd, uden det nødvendigvis er af de helt samme omstændigheder, hun jagtede kærligheden med. Rie har i hvert fald set blikkene. Dem kan der også være en bekræftelse i. Det gik ikke Viola på, at Rie blev så fikseret. Det gik nok i virkeligheden mere Rie på, men ikke noget der betød noget for deres venskab. Selvom jeg tror, at jeg har givet min mening tilkende på flere drenge, end Viola har. Det gjorde måske også bare Rie og jeg tættere. Det var faktisk ikke noget der fyldte noget som helst for mig, at Viola ikke ville det samme. Jeg skænkede det ikke en tanke. På ingen måde. Faktisk gik der lang tid før tankerne omkring det overhovedet strejfede mig. Det var nok i virkeligheden først til deres dimission, at det gik op for mig. De var her for at gøre sig klar til deres fest. Rie kom ud i en lang, rød kjole. Viola kom ud i skjorte og sorte bukser.

Jeg tror på, at kærlighed findes i mange former. Jeg tror ikke på, at to kvinder ikke kan elske hinanden.

Selvfølgelig kan de det. På samme måde som to mænd kan elske hinanden. Det betyder heller ikke noget, om to af det samme køn skal opdrage et barn sammen. Det gør dem ikke til dårligere forældre. Jeg giver ikke meget for, at kærlighed skulle blive umulig på grund af alder eller køn eller hudfarve. Hvis kærligheden er stærk nok, så betyder alt andet ingenting. Religion eller politisk overbevisning, i røven med det. Kærligheden findes i alle størrelser, og ingen kærlighed er unaturlig. Jeg var meget støttende omkring Violas seksualitet. Det vidste hun også godt. Hun havde ingen betænkeligheder ved at springe ud. Hun var omgivet af folk, som ville hende alt det bedste. Selvfølgelig var hun nervøs, men hvem ville ikke være det? Hun vidste, hvad hun ville, og hvem hun ville elske, og det ville ikke ændre sig ved, at nogen havde en anden holdning. Gudskelov for det. Jeg var pavestolt. Det er jeg stadigvæk.

De der drenge... De fyldte kun mere på gymnasiet. Hun var meget betænksom omkring den første fest. Jeg bad hende om at tage af sted. Hun skulle ikke sætte sig selv ud på sidelinjen fra starten af. Heldigvis tog hun med. De havde en god aften. Jeg tror, det var første gang, jeg oplevede hende fuld. Rie fulgte hende hjem og hjalp hende ind på værelset. Jeg husker stadig, hvordan hun sang og dansede i køkkenet. Det var et vidunderligt syn. Det var en anden side af hende. Hun havde tilladt sig selv at give slip. Være ung med sine jævnaldrende.

213

Smide sine bekymringer væk. Det var fantastisk. Rie
kom ud efter en times tid. Hun fortalte, at Viola sov. Jeg
takkede hende for at være Violas veninde. Hun smilede
til mig. Jeg spurgte hende, om hun skulle hjem til
Rebekka. Hun sagde, at Rebekka ikke var hjemme.
"Hun var vist nok ude med en eller anden fyr" sagde
hun. Jeg tilbød hende at sove her. Hun takkede, men
afslog pænt. Jeg tilbød hende i stedet at køre hende
hjem. Det ville hun gerne. Jeg tjekkede op på Viola,
inden vi kørte. Hun var afklædt, men lagde sikkert på
siden. Det tog ikke mere end ti minutter at køre Rie hjem
og komme tilbage igen. Det skulle Viola nok klare.

Hun blev kørt til hoveddøren. Det var kun på sin plads.
Så sad vi der, afventende. Mest på at hun skulle gå
indenfor. Hun forsøgte at finde en undskyldning for at
blive.
"Jeg er altså nødt til at tage hjem til Viola igen" sagde
jeg og forsøgte at forklare hende, at det var tid til at gå
ind. "Jeg ved det godt", sagde hun og kiggede på mig.
"Det var bare ikke rart at være alene". Jeg kiggede
hende i øjnene. Det gjorde mig for første gang utilpas.
Sådan plejede det ikke at være. Det var ikke den lille
pige, jeg kiggede i øjnene længere. "Vil du ikke med
indenfor? Bare kort". Hun lænede sig ind og kyssede
mig. Jeg handlede et splitsekund for langsomt, men fik
forsigtigt taget fat om hende og skubbet hende tilbage
igen.

214

"Det går ikke", sagde jeg. Hun var skuffet. Det var tydeligt.

"Okay", sagde hun så stille og åbnede døren. Jeg bad hende hilse sin mor. Hun sagde ingenting. Det tog tid at ryste det af mig. Det var ikke noget, man kunne forberede sig på eller gardere sig imod. Det var bare et af de øjeblikke, man aldrig vil kunne forudsige. Det forkerte sted på det forkerte tidspunkt. Det var et af de øjeblikke som kommer, når man mindst venter dem. Jeg kom tilbage indenfor og lagde nøglerne på køkkenbordet. Det klingede hult. Så var der bare stille. Et sekunds ro. Med et forløsende blink vendte jeg tilbage til virkeligheden, og jeg gik ind til Viola for at tjekke op på hende. Du blev med det samme ramt af den fæle lugt af opkast, og jeg løb hen til sengen og vendte hende op. Hun havde kun kastet op på madrassen. Hun sansede ikke andet end ubehaget over at blive forstyrret i sin nattesøvn, og hun vendte igen ryggen til mig. Jeg forsøgte at fjerne det, men det var ikke sådan lige til. Selvfølgelig var jeg nødt til at vække hende.

Hun havde blodsprængte øjne fra det øjeblik, hun trådte ind ad døren. Hun var grædefærdig. Jeg forsøgte at berolige hende og få hendes vejrtrækning under kontrol. Lige lidt hjalp det. Nogle gange skal man også bare have lov til at græde ud. Komme ud med det, der gør ondt indeni. Så i stedet ventede jeg bare. Jeg holdt om hende, og ventede. Jeg var der for hende. Så godt jeg nu kunne

215

være det. Det viste sig at være en umulig opgave. Jeg
troede det handlede om noget helt andet. Hun startede
med at fortælle, at alle vidste det. At hun var til piger.
Jeg troede ikke, hun ville være så ramt af det. Og hvad
så? Det lignede hende ikke. Det viste sig også kun at
være starten. Herefter begyndte hun at snakke om
billeder. Af hende. I en form for netværk. Ikke noget alle
bare kunne tilgå, men det føltes som om, alle havde set
dem. Som om alle kiggede på hende. Alle talte om hende.
Hun havde forsøgt at gå til Rie, men hun havde afvist
hende. Bedt hende om at "stoppe med at være lige i
røven af hende hele tiden". Da hun havde sagt det, var
det ikke længere svært at lægge to og to sammen.

Jeg tog derom med det samme. Bankede på døren.
Rasende. Jeg fortsatte længe, indtil døren endelig gik op.
Det var Rie som åbnede.
"Hvad laver du her?" spurgte hun og lagde armene over
kors. Jeg spurgte hende, hvad hun havde gang i. Hvad
bildte hun sig ind, sådan at tage billeder af sin bedste
veninde og dele dem med Gud og hver mand. Hun så
bare på mig, og var ligeglad med hvert et ord, jeg sagde
til hende. Det var modbydeligt at stå overfor. Til sidst så
hun på mig, iskold som hendes samvittighed, og sagde,
at hvis ikke jeg skred ad helvedes til med det samme, så
ville hun anmelde mig. Jeg havde ikke rørt hende, andet
i selvforsvar. Rebekka kom ud i døren. Jeg var ligeglad.
Jeg anklagede hende med mine lungers fulde kraft.

*Rie græd. Rebekka trak hende indenfor. Hun smækkede
døren med det samme. Rebekka skrev nogle timer
senere. Det var ikke fordi, hun troede 100 procent på
Rie. Men man kan ikke opretholde et venskab på tvivlen.
Vi skulle ikke se hinanden igen. Nogensinde.*

*Viola græd, da hun viste mig beskeden fra Rie. Hun
skulle passe på, at "hendes pædofile far ikke også
pillede ved hende". Jeg trøstede hende. Hun var bange.
Ikke for hvad jeg ville gøre, men hvad der kunne ske. Jeg
ville have hende væk fra byen. Redde hende fra alting.
Det kunne jeg bare ikke. Skaden var allerede sket. Det
var allerede for sent.*

*Det startede som cutting. Hun forsøgte ikke at skjule det.
Jeg prøvede ikke at lade som om, at jeg ikke forstod det.
Vi fik hende ind til en psykolog, men lige lidt hjalp det.
"Handling slår ordet, når ordet ikke kan slå handling",
sagde hun. Det havde hun ret i. Man kan ikke tale alting
ihjel. Ikke alt kan løses med en undskyldning. Man er
nødt til at vise, man beklager. Jeg sagde til hende, at lige
meget hvad, så elskede jeg hende. Ordene i sig selv er
heller ikke nok. Man skal vise man er omsorgsfuld og
kærlig. Jeg ville ønske, at jeg igen fik muligheden for at
holde om hende. Jeg ville ønske, at jeg igen kunne se
hende i øjnene, og sige: "Jeg elsker dig".*

*Jeg drømmer om Viola i hvert eneste uopmærksomme
øjeblik. Jeg er en drømmer. Jeg ved, hvad det vil sige at*

længes efter en anden virkelighed. Rigtige drømmere er de, som drømmer med åbne øjne. Ægte drømmere er dem, hvor drømmene holder dem vågne om natten. Hvis du kan se mig i øjnene og sige, at dine drømme holder dig søvnløs, så tror jeg dig. Men dine render, som du tror tynger dig, de kommer fra et andet sted. Derfor kan jeg ikke hjælpe dig. Kom tilbage, når det holder dig vågen om natten. Der kan du fortælle mig, at vi ønsker det samme. Indtil da, så lever jeg med, og uden Viola; og så drømmer jeg videre om en verden, hvor hendes offer ikke var for ingenting.

38

Hvis der var ét menneske som altid havde været en del
af Simon, så var det Jakob. Han kunne end ikke med
Andreas finde et minde, der gik længere tilbage end den
første erindring om Jakob, også selvom han
kanaliserede al sin tankekraft på at tænke tilbage til en
tid, hvor intet brændte omkring ham, som det gjorde i
dette øjeblik. De havde ikke snakket sammen siden
Jakob havde tilbageholdt ham, og nu havde han så selv
forsøgt at holde sig tilbage og give Jakob plads. Han
håbede, at Jakob gjorde det samme. Han håbede, at
Jakob tænkte på ham i ethvert stille øjeblik, og det kun
var et spørgsmål om tid, før længslen efter sin bedste
ven blev for stor at bære på sine skuldre. Alligevel var
der én tilbagevendende tanke, der havde vundet indpas
i hans bevidsthed, og han følte en trang til at efterleve
den bøn, der ekkoede igennem hans sjæl. De var nødt
til at snakke sammen, inden det var for sent.

Han stod længe og kiggede på døren. Han var fastlåst af
den angstprovokerende stilhed, der altid lå og
summede i vinden inden den sidste storm. Det var kun
et spørgsmål om tid, før uvejret brød løs. Han fik
forsigtigt placeret sin rystende finger på dørklokken og
mærkede revnen i den knækkede plastik. Det var som
om, den trak ham ned i dybet, og han sank længere og
længere ned til lyden af den vibrerende sirene, der

varslede hans ankomst. Til sidst gik døren op med et rabalder, og Jakob fik uden et ord revet Simon tilbage til virkeligheden. Det var svært for ham at forstå, at han var kommet, men endnu sværere at forstå at han blev stående. I stedet trak han ham indenfor og smækkede døren med et brag.

- *Ved nogen at du er her?* spurgte Jakob nervøst mens han trak gardinerne for vinduerne ud til gaden. Simon rystede på hovedet. - *Hvad laver du her?*

- *Jeg har brug for at snakke,* sagde Simon forsigtigt. - *Er Tanja her?* Jakob svarede ikke.

- *Skal du have noget at drikke?* Han gik ud i køkkenet og hældte et glas vand op. Så gav han det til Simon og satte sig ned ved spisebordet i midten af alting. Simon drak og satte sig overfor ham. - *Jeg håber virkelig ikke, at der er nogen der ved du er her. Du prøver ikke at få mig i problemer, vel?*

- *Nej, Jakob. Selvfølgelig ikke. Jeg har bare brug for at snakke.*

- *Om hvad? Jeg har svært ved at se, hvad det er vi to skal snakke om. Ved du, hvad de siger om dig? Drikker som et hul i jorden på daglig basis... Uprofessionelle relationer... Seksuel omgang med en elev? Hvad er det du havde forestillet dig, Simon?*

- *Jeg ved det ikke, Jakob. Jeg forstår ikke, hvordan det er gået så galt. Je-jeg kan ikke forklare...*

- *Og hvis du så ikke kan det, hvorfor er det så lige du er*

her? Det er fandeme svært for mig at skulle forsvare dig,
det ved du godt, ikke? Jeg har sgu svært ved at se på
dig, Simon... Simon sagde ingenting. Han vidste, at
Jakob havde ret. Han sagde det ikke af en ond mening.
Det var en beskrivelse af virkeligheden. Det var sådan
det var nu.

- Der er mennesker, som lever i frygt af ting som foregår i
den her by, Jakob, sagde Simon langsomt. *- Unge*
mennesker, som lever i minefelter og løber for deres liv.
Piger og drenge som ved, at et fejltrin kan koste dem alt.
- Snakker du om SlotsMappen igen?
- Ja. Jeg har ikke længere noget at miste, Jakob. Men jeg
ved hvor meget andre har på spil ved at leve i
tilfældighederne. De lider under byens tage. Det er ikke
noget, de har bedt om. Det er et valg, de er blevet
tvunget til at tage stilling til. Jeg kan ikke sidde og se på,
mens offentlige hemmeligheder lever videre, som om
elefanten i rummet er for truet til at aflive. Det kan jeg
ikke.
- Men jeg kan ikke hjælpe dig, Simon. Jeg har ingenting
at give dig. Hvis du vil springe ud som kamikazepilot, så
held og lykke med det. Jeg er glad for advarslen, men
jeg har ikke evnerne eller kræfterne til at hjælpe dig.

De så på hinanden længe. Simon med skuffelse i
øjnene. Jakob med afmagt. Det handlede ikke om, hvad
der var sket mellem dem. Sådan var deres forhold ikke.
De havde lovet hinanden altid at være der, når der var

brug for det. De havde bare aldrig snakket om øjeblikket, hvor der ikke var noget hjælp at hente. Det var en overraskelse for dem begge. De havde opbrugt hinanden på godt og på ondt.

- *Hvor er Tanja henne?* spurgte Simon, mest for ikke at forlade Jakob i stilhed.

- *Tanja er her ikke,* svarede Jakob og så ned i bordet.

- *Nej, men hvor er hun så?*

- *Tanja kommer ikke tilbage. Hun er blevet i København. Jeg er ked af at have løjet overfor dig. Det var ikke min mening. Det var dumt overhovedet at tage derover, men hey... Hvad gør man ikke for kærlighed?*

- *Hvad er der sket?*

- *Det er en lang historie. Det startede allerede, inden du flyttede tilbage til byen. Efter så mange år forsvinder interessen en smule. Man forsøger at bringe noget gnist tilbage i forholdet, men hvor svært er det ikke lige? I stedet går man nok bare rundt og håber på, at den tænder lidt af sig selv, mens man følger med det liv der jo fortsætter. Det stopper ikke bare, fordi der er lidt knas i forholdet. Ja, så drømmer man jo bare. Jeg fattede ingenting. Det var først, da jeg tog dem i sengen sammen, at det gik op for mig, hvad hun havde gang i. Jeg var rasende. Hun undskyldte. Det er de gode til, de kvinder. De er også gode til at skyde skylden over på os mænd. "Det er jo bare fordi, jeg ikke føler mig værdsat nok", du ved. Sådan noget pis. Hun lovede, at det ikke*

ville ske igen. Jeg lovede hende det samme. Da hun så
ville til København, "starte på en frisk med mig", så
slugte jeg hvert eneste ord. Selvfølgelig skulle vi sgu da
det, mand! Mig og Tanja, os to for altid. Men har de først
været utro én gang, så falder de sgu altid tilbage i det
igen. Fool me once, shame on you, fool me twice, shame
on me... Desværre skulle der en anden gang til, før det
gik op for mig, at det var slut.

- *Det er jeg ked af,* undskyldte Simon forsigtigt.

- *Det er sgu ikke noget du skal være ked af, Simon. Men*
lad mig minde dig om en ting, som du måske vil have
godt af at huske på i fremtiden: Når din dame skriver til
dig, at hun savner dig, så er det med den samme hånd
hun bruger, når hans pik skal tilbage i hende, efter den
røg ud, da han kneppede hende bagfra. Kvinder er ikke
til at stole på; og ligegyldigt hvad andre prøver at bilde
dig ind, så er der kun én du skal beskytte: Dig selv.

Da de sidste ord havde forladt hans mund, lagde Simon
mærke til renderne. Han bar et efterslæb af to års uro
under øjnene. Det virkede bekendt. Han havde set det,
når han havde kigget sig selv i spejlet. Han var bare
aldrig blevet klar over, hvad det betød. Det vidste han
nu.

39

Det virkede efterhånden uvant, men intet havde fået ham længere ud end nu, hvor han kunne høre bølgerne piske ind mod klippevæggen i dybet nede under sine fødder. Han havde lyst til at springe. Springe for livet, og på grund af livet. I virkeligheden manglende han bare det sidste skub. Han håbede nogen ville komme forbi og give ham det sidste puf, så han ikke skulle stå og vente i sin egen desperation. Sådan føltes det i hvert fald for ham.

Han var ikke selvmordstruet; og det var næsten det værste. Han ønskede at gøre en ende på alting, men var på ingen måde i stand til at tage sit eget liv i sine hænder og gøre det forbi. Sådan er skridtet inden nok bare for de fleste med de tanker. Man håber på, at alting skal blive bedre, og man forsøger at tage én ting ad gangen. I stedet gik han rundt i en limbo af tomhed. Han var selvmordsplaget. Plaget af tanken om at begå selvmord, uden at være i stand til at gøre det. Han var konstant mindet om, hvordan han ønskede at dø, men på ingen måde var i stand til at tage sit eget liv. Det var absolut den værste følelse han kunne forestille sig. En konstant vinterdepression, fanget i mørket af sit sind. Det talte man ikke nok om. Det var ikke så farligt med dem, som var i stand til at finde en udvej for deres smerte. Det var trods alt deres eget liv. Det var værre

for dem, som var plaget af deres egen skyldfølelse, over
at have fået livets gave og spilde hvert eneste dyrebare
sekund, fordi de ikke havde andet valg end at lege med
i dødens stoledans.

Han vidste ikke, om det var det, der drev ham tilbage til
Johannes. Den ubesvarede banken på hoveddøren
hjalp ham ikke i sin søgen. Først da han forsigtigt
åbnede op, kunne han høre stemmerne svæve igennem
gangen. Han kunne ikke høre hvad de sagde, men blev
draget af deres klagesang. Lyden blev mere tydelig med
fodskridtene hen mod det kontor, hvor han havde mødt
Johannes første gang. Til sidst blev hans bønner hørt,
da han så ham liggende over bordet, badet i sin
desperationsagtige hulken.

- *Johannes?* spurgte Simon forsigtigt, og Johannes
sprang op, som var han en teenager taget på fersk
gerning i uanstændig omgang med sig selv.

- *Hvad laver du her?* vrissede Johannes arrigt og
forsøgte at skjule tårerne, som stadig hamrende ned ad
kinderne på ham som et vandfald.

- *Undskyld jeg kommer uanmeldt,* sagde Simon og
trådte forsigtigt nærmere. - *Jeg ville bare gerne snakke
med dig om noget.*

- *Sæt dig,* sagde Johannes bestemt og pegede over på
stolen på den anden side af det rustikke egetræsbord. -
Hvad vil du? Simon satte sig overfor ham.

- *Jeg har haft de her tanker... Tanker om alting og*

ingenting. Ting folk har sagt. Ting som skulle være sagt, som blev til ting der burde være sagt, som nu er blevet til ting, der kunne være blevet sagt. Jeg genspiller situationer i mit hoved om og om igen. Forestiller mig at ting var anderledes. Håber det hele er en ond drøm, og jeg snart vågner op igen.

- *Har du overhovedet ikke lært noget?* spurgte Johannes og så på ham med opgivende øjne.

- *Hvad mener du?*

- *Skæbnen er ikke til at styre. Det er forfejlet at tro, at man kan udfordre skæbnen. Det kan man ikke. Skæbnen er rygraden i livet. Den er forudbestemt. Der vil altid blive smidt forhindringer ind på ens vej. Det kan man ikke lave om på. Det der er så definerende og livsbekræftende, det er hvordan du overkommer forhindringerne. Du må simpelthen ikke lade nogen bilde dig andet ind. Dine tanker er der af en grund. Acceptér at de er der. Lær at kontrollere dem. Forsøg at overvinde dem. Du kan ikke ændre på det faktum, at de er der af en mening. Du skal lære af dem, og tage ved lære af din måde at håndtere dem. Du vil altid have et valg. Udvikling eller afvikling. Når du stopper med at kæmpe, så dør du. Så simpelt er det. På den måde er skæbnen ikke sort og hvid. Den skelner ikke mellem godt og ondt. Skæbnen forholder sig kun til mennesker, som kæmper for det som betyder noget for dem. Alle de andre? Dem æder den.*

226

Han kunne lugte røgen fra ilden i Johannes' øjne. Han havde ikke oplevet et andet menneske brænde som den indebrændte mand, der sad overfor ham. Hans blik fulgte røgskyen der steg til vejrs, og hurtigt fik han øjne på det afhuggede ulvehoved, der tronede over rummet fra væggen bag ham. Det havde han ikke lagt mærke til før.

- *Går du på jagt?* spurgte Simon og pegede på trofæet. Johannes vendte sig om og kiggede på masken Simon ikke havde opdaget, manglede til fåreklæderne Johannes allerede sad i.

- *Det gør jeg. Min far gjorde, og hans far gjorde, og sådan er det gået igen gennem generationer. Vi kommer fra en stolt familie af hyrder. Jeg mener stadig, at det skulle være en afløser for værnepligten. Hvorfor lære vores unge mennesker at dø i krige, der aldrig var deres at kæmpe, i stedet for at beskytte vores levebrød, og det vi har allermest kært? Det lærer jeg aldrig at forstå.*

- *Men skal man ikke beskytte dem, som ikke er i stand til at beskytte sig selv?*

- *Ikke fordi andre fortæller dig, at det er det rigtige at gøre. Man skal kæmpe de kampe, man selv føler er værd at gå i døden for.* Simon blev stille. Måske handlede det ikke længere for ham om, hvad han ville gå i døden for. Det handlede mere om, hvad han ville forblive levende for; også selvom det i sidste ende kunne koste ham livet. Tvivlen var tydelig i hans øjne, og ulven så sit snit

227

til at gå efter struben.

- *Vil du se min riffel?* lød det fra Johannes' frådende mund.

40

Hun kunne høre bragene svagt i det fjerne. Skrigene
var tydeligere. Fodskridtene larmede, omgivet af ekkoet,
der indhyllede desperationen i de tomme gange.
Kosteskabet var omgivet af mørke. Det eneste lys var
det som skinnede ind gennem nøglehullet, og det der
kom fra den ødelagte skærm på en iPhone, der var ved
at løbe tør for strøm. Forbindelsen var heller ikke for
stærk i det lukkede rum. Alligevel kunne det lykkes at
skrive en besked og sende den til faren. Det var ikke for
at skabe splid, når det var ovre, at det kun var ham der
fik en. Der var bare ikke tid til mere. Der var ikke tid til
at give andre besked. Hun håbede også, at andre gjorde
det i stedet. Hun havde heller ikke modet til at gøre det.
Hun blev distraheret af sit åndedræt. Hun blev
distraheret af rystende fingre og sin ordblindhed.
Endelig gav det mening for hende, men nu var det
måske ligegyldigt. Det var ligegyldigt, for det havde ikke
defineret hende før det blev klarlagt. Hun kunne stadig
udtrykke sig. Det havde hun jo set for sine egne øjne.
At folk lyttede til hende. At det ikke var noget, der betød
noget. Alligevel var usikkerheden nu i gang med at æde
hende op indefra, for hvad nu hvis, det var det sidste
hun ville sige til et andet menneske? Hvis dét skulle
blive hendes eftermæle? Hun rettede sine stavefejl, og
satte hellere et komma for meget end for lidt. Bare for

at føle sig mere sikker. Hun prøvede at klikke 'send'.
Skærmen virkede ikke nede i højre side. Hun trykkede
hårdere og hårdere på knappen, men beskeden forblev
som en kladde nederst på hendes skærm. Så lød der en
hylen udenfor kosteskabet. Det lød som en brandalarm.
Den hylede og tudede, og det føltes i et splitsekund
rart, for det skjulte hendes egne tårer, der løb ned ad
hendes kinder, og landede på den hvide top. Hun lagde
ikke mærke til, hvor våd den var blevet, mens hun
pressede på sin skærm for at sende hendes farvel. Der
lød fodskridt udenfor. Det lød som en person, der løb
ned ad gangen, grædende og stønnende af smerte. Hun
hørte ham grine længere væk, men han grinte højlydt,
og han grinte smertefuldt, med usikkerheden om
hvorvidt det gjorde ondt på ham eller på hans ofre. Så
lød der endnu et skud. Lyden blev efterfulgt af et brag,
fra hvad der kunne lyde som en livløs krop, der ramte
gulvet i hvad der mindede om fantomfart i slowmotion.
Fodtrinene blev højere og højere. Så stoppede de. Han
sagde noget, som hun ikke kunne tyde. Det blev
overdøvet af brandalarmen, som stadig hylede igennem
gangen. Det næste skud bragede klart igennem. Det lød
som om, det kom lige udenfor kosteskabet, men lyset
fra nøglehullet havde været intakt lige siden
brandalarmen begyndte. Hun forsøgte at styre sin
vejrtrækning igen og holde åndedrættet inde. Hun
kunne ikke vurdere på lyden, om han kom tættere på,

eller var på vej væk igen. Hun lyttede efter fodtrinene, men på et tidspunkt forsvandt de væk i lyden fra den overdøvende hylen, og hun følte sig igen alene. Hun så ned på sin mobiltelefon. Så græd hun igen, og hendes åndedræt blev ujævnt og svajende, den sidste ting hun havde chancen for at have kontrol over. Hun pressede i højre hjørne, som også lod tommelfingeren glide væk af vandet, som nu havde indhyllet skærmen. Så forsvandt lyset fra nøglehullet. Det eneste der lyste hendes ansigt op, var lyset fra den smadrede skærm. Dørhåndtaget gik ned, men døren blev holdt tilbage af låsen.

- *Er der nogen derinde?* råbte han til hende, men hun svarede ham ikke. Hun forsøgte at stoppe sig selv fra at græde, men nu mere hun prøvede, jo stærkere flød strømmen af tårer ned ad hendes kinder. Han begyndte at slå på døren, sparke til den i bunden, mens dørhåndtaget bevægede sig, op og ned, mere og mere aggressivt. Så stoppede det igen. Brandalarmen var stoppet i mellemtiden. Nu var der bare stille. Hun hørte fodtrinene gå væk fra døren. Så hørte hun ikke længere noget. Hun havde vendt mobiltelefonen nedad, så intet længere kunne lyse det smalle kosteskab op. Alt var mørkt. Så bragede det igen, og træsplinter fra døren fløj imod hende og fyldte rummet med røg og stykker af træ i en altødelæggende eksplosion. Der var en ny hylen, som tinnitus fra momentet patronen splintrede døren; en ny lyd som havde fyldt hendes verden, som den eneste lyd der fandtes, den eneste lyd hun nogensinde havde kendt, og den eneste lyd hun ville huske i det, der var de døende sekunder af hendes tilstedeværelse. Røgen sænkede sig. Hun kunne se ud fra skabet, hvis dør nu hang løst i hængslerne. Han stod foran hende. Han havde en riffel i hænderne. Røgen svævede op fra løbet. Han ladede igen, og hun hørte klinket fra det tomme hylster, der ramte gulvet ved siden af hende. Hans ansigt viste sig bag røgen. Hun kiggede ham direkte i øjnene, og han så tilbage på hende. Han tøvede i et splitsekund. Hun så sin chance og kravlede igennem benene på ham. Så rejste hun sig op og løb ned ad gangen.

41

- Vil du prøve at fortælle mig hvad der så skete?

Jeg så uforstående på ham mens jeg tyggede på
spørgsmålet. Hvad der så skete? Hvad var det for en
unødvendig psykoanalyse, han kastede i ansigtet på
mig? Hvad havde han regnet med, at jeg ville sige? Han
vidste allerede alt det, han var bestemt til at vide. Der
var ikke andet at fortælle ham, end alt det der allerede
var skrevet i rapporten. Der var ikke sket mere hverken
før eller efter skyderiet var startet. Der var ingen
hemmeligheder, jeg forsøgte at holde i det skjulte. Der
var ikke noget der var usagt. Jeg havde selv taget riflen
ud af Johannes' hænder. Jeg havde selv stået med
hans liv balancerende på aftrækkeren mens jeg så på
ham igennem sigtekornet. Han havde fundet æskerne
med ammunition. Jeg beordrede ham til at lægge dem
på gulvet foran mig, inden han skulle tage hænderne
bag hovedet og gå over til væggen. Jeg havde selv hældt
alt hvad jeg kunne i mine lommer, og jeg havde selv
transporteret alting over til skolen. Jeg var selv stoppet
på vejen og kylet en mursten igennem vinduet. Der var
ingen der skulle leve på den løgn længere. Utroskabet
skulle op til overfladen. Det var den sidste byrde på
mine skuldre, inden jeg skulle blive kardinal. Jeg havde
selv talt sekunderne til det rette tidspunkt. Jeg havde
selv fyldt kuglerne i. Jeg havde selv affyret det første

skud. Jeg havde indstillet mig på at ignorere de hjælpeløse skrig og de livsdefinerende bønner. Jeg havde selv sparket døren op til Hestehalens klasselokale. Jeg havde selv gennet dem alle ud. Jeg havde selv kommanderet med ham. Jeg havde selv bundet ham. Jeg havde selv sat sedlen på maven af ham og bolden i munden på ham. Jeg havde selv sporet mig frem til Filips lokation. Jeg havde selv sendt en kugle igennem knæet på ham. Jeg kunne ikke styre mig selv. Jeg kunne i hvert fald ikke lade være. Han fik samme behandling. Han blev kronen på mit manifest. Han skulle ikke lade livet for sine handlinger, men leve med skammen og andres vished resten af sine dage. Tiden læger alle sår, men arene er en konstant påmindelse.

Der var ingen andre, end mig der gjorde det. Der var ingen andre, der hverken kunne eller turde. Det var min mission. Min heltedåd. Mit sidste kapitel. Der var ingen, der skulle dø. Det var aldrig hensigten. Det handlede kun om at sende et signal, og døden havde været den nemme udvej. Så hellere lade krysterne og kujonerne vise deres sande ansigter. Historien gentager altid sig selv. Sandheden kommer altid frem. Intet er hemmeligt. Jeg hang sedlerne op, én efter én med hver deres synder. En ufrivillig syndsforladelse. Man må sætte hårdt mod hårdt i krig og kærlighed, i lyst og begær, i alt der finder sted mellem livet og døden.

Sådan var det, sådan skal det være, og sådan forbliver det til evig tid.

Jeg sansede ikke, hun stod der, før hun kom for tæt på. Hun sansede måske ikke hvor anspændt situationen var, før hun havde presset mig for langt ud. Det var ikke min mening at forskrække hende. Den gik af, et vådeskud uden nogen form for advarsel inden. Vi sansede begge hullet i gulvet foran hende. Hun løb af frygt. Jeg fulgte efter af instinkt. Og så... Ja, så står man lige pludseligt bare dér. Det føles som om, man ser alting udefra. Man handler under indflydelse af adrenalin. Man kan ikke genkende sig selv, men den man engang var fandtes ikke længere. I stedet står man i et fastlåst øjeblik og kigger hinanden i øjnene. Det går op for én, at det er sidste gang, man får muligheden, så man forsøger at nyde det. Man bliver måske en smule nostalgisk. Nostalgi er på en og samme tid både den bedste og den værste følelse, et menneske kan føle. Det er den bedste, fordi den fortæller om alt det der var engang, men den værste fordi den minder os om, at det ikke længere findes. Alting startede og sluttede i det sanseløse øjeblik, hvor sol, måne og stjerner stod på række, og alting og ingenting var til stede da tiden begyndte at gå baglæns.

Hvad skulle jeg fortælle ham? Det gjorde ikke længere nogen forskel. Skæbnen havde slået sit sidste terningeslag. Nu var der kun tomheden tilbage. Den samme tomhed, som nu var mellem os. Jeg havde ikke mere at sige. Han havde ikke mere tid at spilde på min larmende stilhed. Han sukkede opgivende og knappede sin pæne jakke halvvejs op, inden han greb ind i inderlommen og tog en konvolut frem. Han lagde den på bordet foran mig og skubbede med to spinkle fingre brevet over mod mig. Så knappede han jakken igen og forlod lokalet. Jeg iagttagede brevet og mærkede den ru overflade stå imod mine rystende fingerspidser. Jeg tog en dyb indånding.

42

Kære Simon

Der er ting i livet, som kan være svære at få sagt. Nogle gange leder man febrilsk efter den rigtige måde at få dem sagt på. I sidste ende skal de sværeste ting overleveres på samme måde, som man river et plaster af: Uden at tøve, og med sammenbidte tænder for at skjule hvor ondt, det rent faktisk gør. Sådan burde dette brev også være.

Du var så sød, da du kom ind den første dag. Man kunne tydeligt mærke hvor nervøs du var, men man kunne også bare mærke, hvor meget det betød for dig. Du var ikke bleg for at tage chancer. Det snakkede vi meget om. Der var noget dragende ved dig. Det var ikke farligt, men det føltes helt klart forkert. Det var spændende og faktisk også lidt nervepirrende.

Vi vidste godt, hvordan du kiggede efter os. Måske brugte vi det lidt til vores fordel. Det var jo et spil vi spillede, ikke?

Vi vidste hurtigt, at du var til at stole på. At du rent faktisk ville os, sådan helt oprigtigt. Det er sjældent man oplever nogen, der går ind i tingene med liv og sjæl som du gjorde. Det var en rar fornemmelse. Vi blev trygge ved dig. Derfor føltes det også naturligt at sætte dig ind i

237

Mappen. Det var en form for misforstået loyalitet fra begge sider. Vi bad om hjælp, fordi vi var desperate. Du handlede fordi, du ikke følte, du havde andet valg.

Vi havde det lidt på samme måde med Alvina. Det var ikke fordi, vi ikke kunne li' hende, men måske var der en vis form for jalousi involveret. Måske skulle vi bare have holdt os udenfor, men man kæmper vel for det, man gerne vil have? Også selvom det blev en åben krig i det skjulte.

Det var faktisk aldrig meningen, at det skulle handle om karaktererne. Jeg ved det lyder mærkeligt, men du må stole på mig. Jeg ved ikke, hvorfor det lige pludseligt blev et tema. Måske forsøger vi bare at hjælpe hinanden? Det er en mangelvare at stille op for folk i nød.

Jeg er ked af, at det ikke gik. Det er jeg virkelig. Det var ikke min mening at afslutte noget på den måde, det blev gjort. Jeg var måske i virkeligheden den største forkæmper for, at det skulle vare evigt. Jeg forsøgte at fjerne enhver form for tvivl. Jeg forsøgte at holde snuden i sporet og tungen lige i munden. Jeg forsøgte at lyse på det der var vigtigst. Det som betød noget. Du må virkelig ikke tro andet, end at jeg heppede på kærligheden. Det gjorde jeg virkelig. Desværre er der en tid til alt, og det her var bare ikke det rette tidspunkt.

Filip blev utålmodig. Han blev utilregnelig og modbydelig; men han var også charmende og veltalende. Han sagde alle de rigtige ting og forsikrede mig om, at det var det bedste for alle, hvis jeg viste ham tiltro og tillid. Det var mig, der tog billedet. Det var mine beskyttelsespenge. Når det handler om Mappen, så er det hver pige for sig selv. Du drømmer ikke om, hvor mange piger der har fået ødelagt deres liv på grund af den mappe. Men... Hvis ikke man kan slå dem, så kan man blive nødt til at slå sig sammen med dem. Jeg følte ikke, at jeg havde andet valg. Han lovede mig, at hvis jeg ville hjælpe med at bidrage til Mappen, så ville han beskytte mig og sikre, at jeg ikke selv kom i den. Så ville jeg være fredet. Det kan du vel nok forstå, ikke?

I den perfekte verden var tingene endt anderledes. Du må i hvert fald bare ikke tro, at Freja ikke mente de ting hun sagde, og de ting hun gjorde. Måske føles det som om, at nogle ting sker ved tilfældigheder. Det gør de måske også, men skæbnen skal nok holde balance i regnskabet. Sådan plejer vi at sige hjemme hos os.

Jeg håber inderligt for dig, at alting bliver godt igen. Jeg skal nok gøre hvad jeg kan for at passe på Freja. Jeg ved, at jeg kan være svær at tro på nu, men takket være dig, har vi ikke mere at frygte. Hun skal nok overleve. Det skal nok gå.

Hilsen Matilde.

43

Fulde navn?

Matilde Abrahamsen.

Matilde, hvor gammel er du?

Jeg er 18 år gammel.

Og Matilde, vil du ikke prøve at fortælle lidt om dig selv?

Det kan jeg da godt. Jeg hedder Matilde. Jeg er her fra byen. Jeg bor sammen med min mor og mine to brødre. Jeg har en lillebror på syv og en lillebror på elleve. Min mor arbejder på hospitalet som sygeplejerske. Hun er leder på sin afdeling. Det giver sig selv, at hun tit ikke er hjemme hos os. Jeg har ret tidligt vænnet mig til at blive hjemme og passe mine brødre. Det har været sådan en helt naturlig proces. Selvfølgelig skulle hun ind og passe sit arbejde. Jeg kunne forstå hvis hun arbejdede i Matas eller sad på kontor og talte i telefon det meste dagen, så havde det måske været noget andet. Men hun arbejdede med mennesker, og med liv og død... Det var det mindste, jeg kunne gøre. Jeg tror også, at far ville have ønsket det sådan.

Min far... Eller vores far, døde da jeg var tolv. Tobias, min yngste bror, var lige kommet til verden, da min far blev syg. Det udviklede sig til et nyresvigt, og han måtte opereres. Man fandt en donor til ham, men kroppen udstødte den nye nyre. Han var ikke til at redde. Jeg tror på, at han sidder et eller andet sted og holder øje med mig. Jeg tror på, at han smiler ned til os, og at han er stolt over den måde, jeg hjælper mor på. Han satte altid alle andre før sig selv. Han var der altid, når man havde brug for ham. Også efter han blev syg. Han gjorde en stor ting ud af, at man ikke skulle behandle ham anderledes, bare fordi han var syg. Det var sådan et menneske, han var. Han var af den overbevisning, at alle mennesker har et eller andet de kæmper med, men det ikke betød, at livet ikke fortsatte som det altid havde gjort. Man skulle leve med, og på trods af sine problemer, og de skulle ikke begrænse den man var, eller det man ville. Det var det vi lovede hinanden at videreføre, efter at han var død.

Jeg kan huske, da Emil blev født, at jeg virkelig ønskede mig en lillesøster. Jeg havde ikke mange veninder, heller ikke som barn, så det var ligesom min løsning, at hvis jeg nu fik en lillesøster, så havde jeg andre piger omkring mig. Jeg var så skuffet og så ked af det, da min mor fødte en dreng. Jeg tror ikke det er noget særligt, jeg tror faktisk det er meget normalt, at man gerne vil have den næste i rækken, som man selv er. Det virker måske trygt og sikkert. Jeg har det godt med både Emil og Tobias i dag, men det var en stor ting dengang. Dét var det.

Mor havde aldrig været den romantiske type. Det var hun heller ikke da far var i live. De var begge karrieremennesker, hvis veje havde krydset hinandens, og så havde de besluttet, efter en klar forventning og aftale om hvad de gik ind til, at stifte familie. Sådan er det måske for dem, som ikke kan knytte sig til andre mennesker. De, som er bange for at lukke et andet menneske indenfor. Kærlighed er en underlig størrelse. Du har nogle forventninger til den, men den opfører sig aldrig, som du ønsker den skal. Det gjorde den heller ikke for dem. Hun havde besluttet, at der ikke skulle være andre end far. Hun havde lovet os, at hun aldrig skulle giftes igen. Nu havde hun prøvet det, endda med den helt rette, og intet ville kunne leve op til det, der allerede var engang. Det skulle hun ikke trække sig selv, eller os, igennem igen.

Jeg ville rigtigt gerne kunne sige, at jeg savner far. Det tror jeg ligger i menneskets natur. At man savner dem, som engang var der. Jeg kan bare ikke rigtigt huske far. Jo, jeg kan huske, at han var der, og så alligevel ikke, for når han var der, havde han altid travlt med at komme ud ad døren igen. Alle lever for dem selv, i hvert fald i en eller anden grad. Han var måske ikke klar til at blive far. Han var helt sikkert sin opgave voksen, i den forstand, at han forholdt sig selv til os og gjorde hvad han kunne, men han gjorde det indenfor den ramme, hans arbejde tillod ham. Der manglede en faderfigur. Det havde vi alle brug for.

Det at blive voksen handler ikke om alder. Man kan blive voksen tidligt, og man kan blive voksen sent. Nogen forbliver børn indtil deres livs midtvejskrise. Nogen bliver voksne inden de bliver teenagere. Der skal ikke meget mere end en handling til. Kalkuleret eller ej. At være på det forkerte sted på det forkerte tidspunkt. At blive voksen handler om evnen til at træffe valg. At være voksen handler ikke om moral, ansvarlighed, modenhed eller indstilling. Det handler om at træffe nødvendige valg, når alting skriger på det modsatte. At kunne tænke på sig selv, men også kunne tænke på andre. At kunne leve med de ting, som gør ondt, men også være i stand til at gøre ondt på andre. At kunne se sig selv i øjnene, selvom man har skuffet eller svigtet. Alt sammen fordi verden er koldest, når den brænder under vores fødder.

Jeg var måske nok hende den stille pige. Hende den lidt forsigtige, til tider nervøse pige, som bare gerne ville holde mig selv ude af problemer og komme igennem uden at skulle tage stilling til for meget eller gøre andre kede af det. Jeg så selvfølgelig også på de populære piger og drømte om at blive en af dem, men jeg havde også en fornemmelse eller følelse af, at det var helt vildt hårdt at være dem. Sådan at skulle leve op til opmærksomheden og alle forventningerne. Altid at skulle gå og tænke på, hvad man sagde eller gjorde. Altid at skulle være med på beatet. Det værste var helt klart magtspillet i sådan en pigegruppe. Alle har set hvad der sker, når nogen bliver udstødt. Det værste må ikke være det, at alles øjne er på én. Det må være, at man altid skal have øjnene rettet mod sine nærmeste, så man kan parere den der fører kniven.

Jeg har altid været glad for musik. Ligesom alle andre mennesker. Jeg er ikke bygget til sport. Hverken min krop eller mit sind er. Det er sjovt at være med, men jeg bryder mig ikke om at være afhængig af andre på den måde. Det må ikke være op til andre at afgøre om jeg lykkes eller ej. Jeg har spillet meget klaver. Jeg kan godt li' at forsvinde væk i en anden verden, når jeg sidder og spiller. Jeg spiller mest klassisk musik. Jeg hører det ikke supermeget, men der er noget beroligende i klassisk musik. Nærmest noget poetisk. Det at fortælle en historie uden at bruge ord. Og så er der også noget i historien. Hvis noget virkelig skulle på skoleskemaet, så skulle det være klassisk musik. Hele vores samfund bygger på musik. Vores måde at tænke på og føle. Musik er universel. Musik forbinder mennesker og er vores fælles sprog. Du behøver ikke en god tekst, så meget som du bare behøver en god melodi. Musik er stemninger. Musik er meninger og holdninger. Musik er et åndedrag. Hjertebanken. Og så er musik lyd. Vi prøver vel alle sammen at finde vores egen lyd. En fælles sang. Musik er ikke bare musik. Alting kommer et sted fra. Alting starter og slutter med noget. Der er altid en forhistorie, en fortid, en nutid og en fremtid. Du kan ikke forklare det uforklarlige. Det er svært at beskrive, men... Min pointe er bare... At der ikke er noget, der starter af sig selv. Der er altid en til at tage det første skridt. Altid.

44

Hvordan startede dit venskab med Freja?

Man kan på en måde godt sammenligne de populære piger med politikere. Der vil altid være forskellige grupper, og de vil altid kæmpe om at være den mest attraktive gruppe, dem som alle andre vil være en del af. Freja var en del af den gruppe i folkeskolen. Vi gik på den samme skole mens hun gik i en anden klasse. Jeg vidste godt, hvem hun var, men jeg havde aldrig snakket med hende sådan rigtigt. Vi var også for forskellige. Jeg havde aldrig forestillet mig, at vi skulle blive veninder.

Det var sidste skoledag, der hvor man kaster med karameller og klæder sig ud. De pæne piger stjæler udklædning fra influencere og ender med at klæde sig ud i de mest sexede, eller luderagtige, små kostumer de kan komme i nærheden af, og drengene eksploderer i hormonforstyrrede udbrud - og pigerne elsker det! Det gjorde Freja også, selvfølgelig gjorde hun det. Hun er en smuk pige, og hun er meget bevidst omkring det. Hun ved, hvad der virker, og hun ved hvordan hun fremstår i den bedste udgave af sig selv i hver eneste situation. Det betyder meget for hende, at folk kan li' hende. Det gjorde det i hvert fald dengang.

Min mor ville aldrig lade mig se sådan ud, som nogle piger gør sidste skoledag. Mor sagde, at alle kvinder er smukke, men at skønhed ikke er for alle. Hun ville aldrig lade mig spille på mit køn eller min seksualitet. Jeg skulle være god nok, for den jeg var, og ikke det køn jeg var. Mor var også meget klar omkring det at være smuk, og at det ikke kun var noget, der kunne ses på ens ydre. Jeg tror også, at far havde været skuffet over mig, hvis jeg klædte mig ud på den måde.

Nå, men Freja var en del af de populære piger, og sidste skoledag var skabt til at blive den bedste dag i deres foreløbige liv, fordi alle så på dem - og alle ville være sammen med dem. Efter det formelle tog vi ned i anlægget og nød solen. Vi hørte høj musik og drak lunkne øl. Vi glædede os til sommerferien. Vi grinede og vi dansede. Vi havde ikke forstået, at folkeskolen nu var et afsluttet kapitel. At vi var ved at blive voksne.

Vi havde ikke forstået, hvad det betød, da de kom. Det var tradition, at vi skulle mødes. Det var utalt, men forventet. En offentlig hemmelighed om elefanten i rummet. To forskellige verdener. Stemningen ændrede sig på et splitsekund, som de ankom. De så ikke ud som vi gjorde. De var ældre end os, og de kom af flere omgange. De var både drenge og piger fra gymnasiet. Pigerne kom for at gøre drengene usikre og fucke dem op. Drengene kom bare i håbet om at kunne kneppe en fuld og usikker tøs, som hverken havde selvtillid eller dømmekraft. Man kan manipuleres til at tro på løgne. Og alle har nok inderst inde en tvivl, på den man er. En tvivl om hvorvidt man er god nok, som man er, eller om man nogensinde bliver det. De gik efter Freja, fordi hun var den smukkeste, og fordi alle vidste hvem hun var. Hun havde en vis status.

Jeg behøver ikke at gå i detaljer om, hvad der skete. Selv hvis man ikke kender historien, så skal man være dum for ikke at kunne regne det ud. De ødelagde hende. De ødelagde hende, og de ødelagde alt omkring hende. Hun var et offerlam og et slagtekvæg, og selvom de fleste af dem alligevel ikke tog vejen sammen med hende til gymnasiet, så var de ikke blege for at svinge kniven. Hun kunne ikke få en dårligere start på sin nye tilværelse.

Jeg ved ikke, om jeg har et særligt omsorgsgen, men vi har lært fra begge vores forældre, at man altid skal hjælpe, hvor man kan. Hvis man har tiden, hvis man har overskuddet, hvis man har midlerne, så har man også forpligtelsen til at hjælpe hvor man kan, med hvad end man kan. Vi donerer blod og har taget aktivt stilling til organdonation. Men vores største post er julehjælpen. Man får gaver indtil, man er teenager. Når man bliver gammel nok, forstår man også, at det er opreklameret. Vi elsker jul, fordi vi er sammen, og vi gør meget ud af at være sammen. Men det handler ikke om, at alt skal være større og vildere og dyrere for hvert år. Det handler om at være sammen og værne om hinanden. Derfor bruger vi pengene, som skulle gå til julegaver på at hjælpe familier, som ikke er så heldige, som vi selv er. For selvom det er opreklameret, så er det stadig en indgroet del af vores kultur, og julen er fantastisk. Det er hjerternes fest, og hjertevarme er det vigtigste i den kolde tid. Ingen børn skal vokse op uden julens magi.

Det var sådan jeg så Freja, som hun sad der alene efter at have fået sit eksamensbevis. Der var nogen, der havde stjålet hendes magi. Jeg var på vej ud, men stoppede da jeg nåede hende. Jeg ønskede hende en god sommer. Jeg tror, jeg var den eneste, der gjorde det. Hun kiggede op på mig og smilte. Der var julestjerner i øjnene på hende.

Jeg tror ikke på idéen om karma. Det er en underlig forestilling, at verden bygger på et excel-ark, hvor kassen i sidste ende skal tælles op og gå i nul. Det gør den selvfølgelig ikke. Måske ender verden i balance i sidste ende, hvis man kigger på det samlede regnskab. Jeg synes bare, at det er idioti at forestille sig, at hvis jeg gør noget godt for andre, så gør andre også noget godt for mig, og hvis jeg gør noget ondt, så får jeg det lige tilbage i hovedet igen. Men så alligevel. Sådan føltes det næsten.

Jeg havde tjekket klasselisten forinden, men ikke noteret mig noget særligt. Jeg kendte nogle navne, men ikke mere end det. Jeg havde stalket på Facebook og Instagram. Tjekket fælles venner. Forhørt mig hist og her. Man skulle jo være forberedt. Det kom bare uventet og fejede benene væk under mig.

Jeg var aldrig den bedste til noget. Aldrig den kønneste eller den sjoveste, den klogeste eller den kærligste. Jeg var måske ikke hende, folk så op til eller folk betroede sig til som deres bedste veninde, uden at overveje andre muligheder. Men man måtte aldrig, aldrig nogensinde, være det mindste i stand til at slå tvivl om, hvorvidt jeg ville det. Jeg var altid den mest hårdtarbejdende, den mest ambitiøse og loyale person, og der var ingen, absolut ingen, der skulle kunne sætte en finger på, hvor meget jeg ville tingene. Mest af alt for min egen skyld. Hvorfor gøre noget, hvis ikke man ville have allermest ud af det? Man lever jo livet mest for sig selv.

Måske kan man sige, at jeg var lidt en lærerens kæledægge, men hvad var der også galt med det? Det behøvede ikke at være et svaghedstegn. Jeg satte mig forrest i klassen, ikke fordi det gjorde mig noget. Det var der, jeg allerhelst ville sidde, og så var pladserne på forreste række ledige. Det skal ikke allerede nu lyde

250

som om, at de andre var dovne og ugidelige, men jeg vidste i hvert fald, at jeg ikke var der for sjov. Freja havde egentlig sat sig længere nede, men rejste sig da hun så mig, og så sad hun pludselig på forreste række for første gang i sin liv. Det var måske meget godt at komme ud af sin komfortzone, men hun virkede upåvirket. Hun smilte, og vi faldt i snak med det samme. Ja, måske var der nok alligevel noget, der hed karma.

Vi var jo placeret i intro-klasser fra starten, og de skulle opbrydes efter de første prøver, og folk skulle ind på deres ønskede linjer. Jeg var helt klart naturvidenskabeligt anlagt. Jeg kan godt lide formler og facitlister, og at der er et klart svar på et spørgsmål. Freja var sproglig, og havde låst sig fast på en mere international retning, måske mest på grund af studieturene. Jeg har det ikke godt med sprogfag. Jeg syntes bedre om tysk end engelsk, fordi tysk er nemt at lære. Det er kasser og klare regler, og du kan altid finde svaret, hvis du tager dig tiden til at dykke ned i dem. Jeg er lige dårlig til sprogene, men nok mest fordi jeg bare ikke bliver udsat nok for dem. Jeg har en elendig udtale og har aldrig lært at rulle på mine r'er. Så hvordan Freja nogensinde fik mig overtalt til at skifte linje, det har jeg stadig svært ved at forstå. Men det er Freja. Hun har en fantastisk evne til at overbevise andre og få dem til at gøre, som hun gerne vil... Og så var jeg også blevet glad for vores venskab.

Jeg ved ikke, om jeg vil kalde mig selv for en rendyrket medløber. Jeg har mine holdninger, og siger min mening, når jeg bliver spurgt. Jeg har det også bare helt fint med at lade andre diktere og hoppe med på deres idéer. Hvis ikke det er noget, der er direkte irriterende eller trælst for mig, så gør det ikke noget at andre oftest får deres vilje. Frejas humør er også både en gave og en forbandelse. Når hun er glad, smitter det af på andre, og hun har en fantastisk evne til at trække andre op, når de har en dårlig dag. På samme måde hænger der en sort sky over alle hun er sammen med, når hun er i dårligt humør. Det er ikke noget man nødvendigvis selv bestemmer eller er herre over, og man skal heller ikke lægge låg på sig selv, bare fordi man påvirker andre. Men det er da klart, at der er noget der kan bruges til ens fordel. På godt og ondt.

Freja er en typisk pige-pige. Hun elsker popmusik, amerikanske film, drenge og alkohol, der smager som sodavand. Hun kan gå i butikker i timevis, også uden at købe noget. Hun er med på de nyeste trends og bruger flittigt Instagram, og får mig med på mærkelige danse på TikTok. Hun er ikke det store familiemenneske. Vi var mest hos mig, måske fordi mor for det meste arbejdede. Det var lidt som et frirum for hende, men aldrig noget vi rigtigt snakkede om. Hun ville helst ikke snakke om følelser, i hvert fald ikke de negative og triste. Der var ikke grund til at snakke om tingene, hvis ikke man ville gøre noget ved dem. Hun syntes ikke det var fair at trække problemer ned over andre mennesker eller skabe en dårlig stemning. Hun skulle altid skinne, det pigebarn.

Vi var nok mere forskellige, end hvad der var lige til at få øje på udefra. Man siger jo, at modsætninger mødes, og det er nok meget godt at kunne komplimentere hinanden som vi gjorde. Vi var hinandens modsætninger, men på en måde også "bedre halvdele". Problemet ved sådan nogle ægteskaber er så bare, at skilsmissen sjældent er køn, og oftest bliver tingene ikke delt lige op.

45

Kan vi prøve at snakke om Mappen?

Der var ikke rigtigt nogen, der vidste noget før politiet blev involveret. Der var ikke nogen der havde taget stilling til det, før man fik stukket en mikrofon i hovedet. Der var ingen der havde forstået alvoren, før vi læste om det på avisforsiderne. Det var helt sikkert en skamplet på byen, for nu var vi der, hvor piger blev udstillet og ikke kunne føle sig trygge. Det var jo ikke, fordi vi var dumme. Man ved godt, at deler man sig selv i et intimt øjeblik, så vil der altid være en grad af usikkerhed og frygt for at blive svigtet og misbrugt. Man er forblændet af kærlighed og et virvar af følelser, som man ikke rigtigt kan navigere i. Man udviser tillid og tiltro. Man knytter sig til et andet menneske, og man tror på det bedste. Drenge vil altid være drenge, helt indtil de bliver mænd. Sådan er det jo.

Rygterne var der. Rygterne om det her netværk, hvor piger nærmest blev registreret i deres mest skrøbelige øjeblik. Alle kendte enten nogen, eller kendte nogen som kendte nogen, der var en del af Mappen, men man troede ikke selv på, at man skulle ende samme sted. Der er nok noget sandhed i det, når de som er blevet udsat for hævnporno siger, at det ikke handler om nøgenhed, men om samtykke. Jeg ved ikke, hvad jeg skal synes om det. På den ene side er jeg fuldstændig enig, og vil til enhver tid beskytte mig bag den her forestilling eller illusion om, at jeg er et offer og det er de andre der er skurke. At kroppen er helt naturlig, og man ikke har noget at skamme sig over. På den anden side er det svært at se nogen i øjnene mens uvisheden sætter tvivl om de ser mig, eller om de ser igennem mig. Jeg er et offer, men jeg er også en medsammensvoren. Det var mig, der tog billederne. Det var mig, der lod det ske.

Det er også svært ikke at stå i midten af det hele, uden en lidt mærkelig smag i munden. Tiden er en anden nu. I dag er den kvindelige seksualitet en valuta, som overstiger den vildeste fantasi. Vi har en magt, men også et ansvar. Kvinder tjener penge og opnår magt gennem Instagram, OnlyFans og Sugardating. I dag kan du ikke sammenligne Mappen med noget. Måske hvis ikke vi selv havde taget billederne. Hvis vi var blevet beluret og filmet uden vores viden eller samtykke, så havde historien været anderledes. Vi har trods alt spillet en aktiv part i det her spil, og vi betaler prisen for, at verden bare er blevet som den er; og når vi så snakker om de her ting, så bliver jeg i tvivl om, hvorfor den her historie stadig er relevant. Hvorfor er det, at vi skal rive op i gamle sår?

De eneste ofre er dem, som ikke har vendt det til egen vinding. De eneste ofre er dem, som ikke gjorde som Kim Kardashian og Emma Holten. Stærke kvinder, der ikke lader sig kue af modgang og ondskab. De rigtige ofre er de, som ikke brugte det til et rygstød frem i verden skabt af mænd, men styret af kvinder. Kvinder som ikke har forstået, at de sidder med nøglerne.

Det mest sindssyge ved Mappen var helt klart, at der ikke blev gjort mere ved den. Den var ikke helt kønsmoden, undskyld mit udtryk, i en teknologisk verden, til at nogen gjorde noget ved det, eller til at man kunne fange bagmændene. Få år senere var der hele den der "Umbrella-sag" hos Facebook, og en pige der blev filmet mens hun blev udnyttet, og pludselig skulle folk fra nær og fjern i retten, og der blev smidt rundt med bøder til højre og venstre.

Jeg har det lidt som om, at Mappen er et stykke glemt Danmarkshistorie. Det er ærgerligt, fordi så mange kvinder er blevet mishandlet i det hele, og desværre nok flere der er uvidende om det, end dem som rent faktisk ved, hvad der er foregået.

Der er ikke nogen som har overblik over hvor mange piger, der findes i systemet. Der er også piger, som er røget ud fra de seneste udgaver, og som så ligger på en computer i en kælder et eller andet sted. Der skal være noget relevans. Det er klart, at det ikke bare er noget,

256

man gør over natten. Det er noget, som hele tiden er i gang.

Der var forskellige måder at ryge ud af Mappen på. Enten kunne man holde sig gode venner med alfahannerne, altså de populære drenge. De havde sjældent noget at gøre med Mappen sådan direkte, men man ville helst ikke komme på tværs af dem, og det betød også, at man forsøgte at holde sig fra "deres damer". Sådan er det vel med det meste her i livet. Man vil helst ikke træde nogen over tæerne, som man ser op til eller respekterer. Det betød selvfølgelig også noget for de piger, der var i Mappen. Det siger måske også sig selv, at det er en bestemt "type", der er i Mappen, fordi de først og fremmest selv er ansvarlige for at tage de billeder, der ender i Mappen. De populære piger er sjældent de, som kaster sig ud i sådan noget - og skulle det så alligevel ske, så bliver de sendt til drenge, som har en lidt anden moral end flertallet. Det gør mig ked af at sige sådan, men det var jo sådan det var. Og hvorfor skulle de også gøre det? Pigerne havde intet at bevise og var aldrig nødsaget til at søge andres accept på den måde. Drengene havde heller ikke noget at bruge billederne til. Så kunne man få sig en tørspiller over en ekskæreste, og måske ville billedet blive vist til et par gutter på en aften med druk - det var svært at undgå - men det var aldrig noget de ville dele. De havde ikke nogen de skulle imponere, og de skyldte ikke nogen noget.

De mest udsatte er dem uden den største værdi. På samme måde som det er de nederste lag af samfundet, der ryger og drikker alkohol, får de korteste uddannelser og de dårligste jobs. De er også de som higer efter anerkendelsen i et quick-fix. Som at få at vide, at man er god nok for sin nøgne krop.

Det mest værdifulde en kvinde har er sig selv. Hun er nok værd i sig selv, og hun er god nok som hun er. Det er der ingen der kan lave om på, og der er ikke nogen, der skal fortælle nogen noget andet end det. Så kan man altid snakke om, hvordan vores samfund er bygget op, og hvilke forventninger vi har til os selv og hinanden - men der er ikke nogen, som ikke er gode nok til den verden vi lever i. Derfor er det så sygt og forkert, når nogen alligevel bliver hjernevasket til at tro anderledes.

Selvfølgelig var der historier om piger, som fandt ud af, at de var i Mappen, og reagerede negativt derefter. Det var ikke bare visheden om, at man var blevet blottet og havde fået misbrugt sin tillid. Der var historier om skoleskift, selvskade og også selvmordsforsøg. Det er noget, der giver ar på sjælen. Men ar kommer fra øjebliksbilleder, og de er beviser på alt det, man har overlevet. Ligesom museer har malerier på væggene, så

258

har mennesker ar, som skal bæres, som var de kunstværker. Det er alt sammen små brikker i det store puslespil.

Jeg ved simpelthen ikke, hvad jeg skal sige til det. Jeg kan ikke sige noget, som ikke er åbenlyst. Det vil som udgangspunkt altid gøre mere skade end gavn, men det er også bare en sårbar og udsat tid. Det kunne lige så godt handle om spiseforstyrrelser eller dårligt selvværd. Der er ikke noget, der kan eller skal forsvares, men... Det skal nok blive bedre. Vi har ikke kister i jorden, kun senge på gangene.

46

Hvor meget betyder det i forhold til relationer med drenge, at Mappen ligger i ens underbevidsthed?

Det var da et mærkeligt spørgsmål. Jeg kan ikke forestille mig, at det fylder særligt meget hos nogen. Jeg mener, du frygter jo heller ikke at blive kørt ned hver eneste dag eller få kræft. Jeg tror, at hvis du nu får det ind på livet, hvis du kender nogen eller hører om det, så tænker du måske, at det lige så godt kunne være dig selv, men... Jeg tror ikke, at det er en daglig frygt blandt piger. Jeg tror ikke, at de har en forudindtaget mistillid til de fyre de møder. Det er jo for pokker kærlighed.

Jeg er nok ikke en klassisk type for drenge, hvis man kan sige det sådan. Det er også noget andet for piger end for drenge, det der med at have en type. Drenge kan falde for otte ud af ti piger. Piger kan måske falde for tre eller fire ud af ti. Drenge er simple. Hvis du smiler til dem, tager initiativ og starter en samtale med dem... Hvis du viser interesse for dem først, så får du den fem gange igen næsten med det samme. Men jeg tror ikke, at jeg er den klassiske type, fordi jeg ikke er god til den del. Jeg er ikke god til at tage det første skridt, og når man så er i en venindegruppe, hvor man ikke er den "traditionelt" kønneste, så falder man også i baggrunden for drengenes interesse. De er drømmere. Drenge kommer ikke bare op til en og falder i snak. De tør ikke. Men det kan jeg ikke tillade mig at kritisere, når jeg ikke engang selv tør.

Hvordan er dit eget forhold til fyre og dating?

Det har ikke rigtigt interesseret mig. Jo, jeg kan godt være tiltrukket af en fyr, men jeg har aldrig gjort mig meget i kæresterier og det der. Jeg har godt kunnet være misundelig når Freja eksempelvis har snakket om en fyr, hun har haft noget med, og jeg kunne godt tænke mig at prøve den følelse. Hvordan det føles når man kigger ned i sin mobiltelefon og læser en besked fra nogen, og man instinktivt bare smiler og bliver varm indeni. Men så tænker jeg også på, hvordan Freja også har været behandlet. Jeg tænker på mor, som har været sammen med sit livs kærlighed, men end ikke vil forsøge at jagte sin livs næststørste kærlighed. Hvor godt kan det så virkelig være, hvis kærligheden ikke betyder mere?

Jeg er i tvivl om jeg nogensinde har været forelsket. Jeg har også crushet på en dreng fra klassen, og jeg har også haft plakater med Justin Bieber på min væg, men jeg tror ikke, at et crush er det samme som en forelskelse. Det håber jeg i hvert fald ikke.

Jeg... Jeg har faktisk ikke lyst til at snakke om det her. Jeg forstår ikke, hvorfor det har betydning for noget. Jeg ville ikke sende noget af mig selv til andre. Aldrig. Det er jeg ikke værd.

47

Kan du prøve at beskrive Filip for mig?

Filip er lidt en drengerøv. Han er en flot fyr. Charmerende. Han larmer uden at sige noget. Han fylder bare i et rum. Man kan kalde ham lidt en player eller en fuckboy, men på en eller anden måde, er det ikke noget dårligt. Måske er det også lidt nemmere at slippe afsted med ting når man ser godt ud. Han er flabet. Der er sådan lidt gadedreng over ham. Forstår du, hvad jeg mener? Han er en, man snakker om. Han kan sige ting, som ikke alle kan slippe afsted med. Du kender typen. Man kan godt synes han er irriterende, men det kan også have noget at gøre med jalousi. Det der er med Filip er, at han ændrer sig, når man er alene med ham. Når man er på tomandshånd med ham, er det som om facaden forsvinder. Som om han slapper helt af. Som om han ikke skal overbevise dig om den her illusion, han har skabt om sig selv. Så er han virkelig sød og behagelig, rolig og humoristisk. Han er så nem at snakke med. Som ens bedste ven man har kendt hele livet. Han er faktisk lidt en af de populære piger. Jeg tror ikke, han er usikker på sig selv. Jeg tror bare, at han ikke ved hvem han er, eller hvem han gerne vil være. Det er synd for ham, og for alle andre, at han skal ændre sig sådan. At han ikke bare kan være "Alene-Filip". At han ikke bare kan tænke sig om.

Hvordan har Frejas og Filips forhold været?

Freja og Filip er begge ledere. De er vindere, og de vil begge gerne bestemme og sætte dagsordenen. De var i toppen af hierarkiet, og dem man drømte om at være eller være sammen med - eller bare være tæt på. Man har brug for mennesker som de to. Nogen man kan se op til og stile efter at blive. Nogen man kan blive inspireret af. Også selvom det ikke altid er hensigten.

De har aldrig været kærester, sådan officielt. De har altid haft noget kørende, ingen tvivl om det. Det har hun også selv sagt. Der var ingen tvivl om, at de skulle finde hinanden på et tidspunkt. Overhovedet ikke. Han startede sine tilnærmelser til hende. Hun var i starten ikke rigtigt interesseret. Hun var ikke interesseret i et forhold, ikke efter den sommer. Men sådan er det jo med den kærlighed, at man ikke altid selv kan styre den, og hvad man føler for andre - og han var jo ikke en, der bare gav op uden kamp.

Det der med at være alene med ham... Han har en spændende tilgang til andre mennesker. Altså, den måde som Freja fortalte om deres forhold på. Han har en evne til at føle, man flyver på en lyserød sky, når man er sammen med ham, og han skaber en stemning, der er svær at undvære. Han får en til at føle sig værdifuld på en helt særlig måde. Han siger ting. Han ved lige præcist, hvilke knapper han skal trykke på. Og så... Så lægger han dig på is. Han ignorerer dig fuldstændig. Ser ikke på dig. Snakker ikke til dig. Svarer ikke på dine beskeder eller opkald. Han får dig til at savne den følelse, du har i kroppen, når du er sammen med ham. Det hele er bevidst. Planlagt ned til mindste detalje. Det er gennemsyret ondskab... Men det er bare fandens effektivt.

Han ville ikke binde sig til hende. Han kunne ikke holde sig fra andre piger. Freja håbede, hun kunne overbevise ham om, at det skulle være dem to. Han talte udenom på en måde, så det lød som et løfte. Det troede hun på, selvom hun måske inderst inde godt vidste, han løj for hende. Man tror altid, man kan redde dem, man holder af.

Historien går på, at hun var den første, der fandt ud af det. At han var en del af Mappen. Hun har aldrig sagt det til nogen. Man kan kun gisne om, hvad han har sagt til hende. Hvordan han har lukket munden på hende. Hun havde set billederne på hans computer og konfronteret ham med dem. Han havde afvist alle beskyldninger om utroskab og sagt det var desperate piger, der havde forsøgt på Snapchat og Instagram. Så vendte han det mod hende. At hun også kendte til det at få et uønsket dickpic af en eller anden taber, men at Filip aldrig ville gøre et stort nummer ud af det, som hun gjorde. Han ville aldrig anklage hende for noget, fordi han havde tillid til hende. Men det er bare rygter. Ingen kunne nogensinde bevise noget.

Mappen var en skamplet på vores by. Politiet knaldede på et tidspunkt et par af dem, men det stoppede jo ingenting. "Bro code" og alt det der.

Freja sagde hun havde droppet ham, men det var tydeligt hun løj. Vi snakkede bare aldrig mere om det.

48

Det var ham der kontaktede mig. Ikke den anden vej rundt. Han skrev på Facebook. Spurgte om vi kunne snakke. Jeg havde lagt mærke til ham op til. Hvordan han prøvede at komme i kontakt med Freja, men hvordan han var gledet af på hende. Han var ved at blive desperat. I starten ignorerede jeg også bare beskederne. Jeg var for det første ikke interesseret i at have noget med ham at gøre, ikke efter hvordan han havde behandlet Freja. Men jeg følte også, at hvis jeg begyndte at snakke med ham, så ville jeg forråde Freja. Så var det lige meget, hvad han ville snakke med mig om. Det ville se forkert ud.

Han fik mig alligevel overbevist. Han fangede mig efter skole mens jeg ventede på bussen. Han holdt ind på busstoppestedet og rullede vinduet ned. Så råbte han mit navn og spurgte, om jeg ikke ville have et lift. Bare sådan helt uventet og foran en masse andre mennesker. Jeg kunne da ikke sige nej. Det trak også op til regn.

Det var mest ham der snakkede. Han kørte hurtigt, men kiggede stift ud af forruden mens vi kørte igennem byen. Når vi så holdt for rødt, så så han over på mig, med det der blik... Selvom jeg sad ned, kunne jeg mærke mine ben ryste. Det var måske i virkeligheden det tætteste jeg har været på at føle mig forelsket. Det havde jeg det dårligt med. Jeg var jo i gang med at forråde Freja. Han spurgte mig, om jeg ikke godt kunne få Freja til at snakke med ham. Han sagde, han savnede hende. Jeg prøvede at forklare ham, at jeg ikke kunne gøre noget. Hvis Freja ikke ville snakke med ham, så var det hendes valg, det kunne jeg ikke gøre noget ved. Han sukkede og kørte videre. Så sagde han noget som... Som... Han sagde, at han godt kunne forstå det. Han var nok også bare misundelig på mig, at jeg kunne snakke med hende hver dag. Se hende i øjnene. Og så sagde han, at han faktisk også var lidt jaloux på Freja, fordi hun havde sådan en god veninde i mig. Sådan en loyal og sød og smuk og... Ja. Jeg svigtede hende i det øjeblik. Der var ingen vej tilbage.

Var det Filip der introducerede dig til Mappen?

Vi aftalte at mødes hos ham. Han ville spise aftensmad sammen, men det var ikke i planen at være der mere end højst nødvendigt. Jeg sagde, at jeg havde klaverundervisning, men kunne komme halv syv. Han sagde han godt kunne spise sent og bestilte sushi. Jeg bankede på døren kvart over otte. Han spurgte slet ikke ind til forsinkelsen. Han sagde bare, at han var glad for at se mig og havde ventet på mig. Han tog min jakke og førte mig igennem entréen. Han pegede over mod sofabordet hvor han havde anrettet.

"Du drikker vin, ikke?" sagde han, men jeg afviste.
"Jojo, jeg har en lækker flaske Barolo til at stå". Så
åbnede han flasken og hældte op. Jeg nærstuderede
etiketten. 2011. Fra Piemonte. Jeg vidste ingenting som
vin, men jeg forsøgte at gennemgå Piemonte for at sige
noget klogt. Jeg spurgte, om han ikke havde en flaske
Asti i stedet. Jeg gik ud fra, det kom fra byen.
"Jeg skal nok køre dig hjem bagefter" forsikrede han.

Jeg drikker ikke alkohol særligt tit, men kan meget
godt li' mocktails. Du kan få alkoholfri mojito i sådan
nogle liters kartoner, og det smager virkeligt lækkert i
et glas med isterninger på en varm sommerdag.

Jeg får sådan en hovedpine af alkohol. Far kunne godt
drikke et glas vin, når han kom hjem. Han drak tung
rødvin fra Bordeaux og drak det i dobbeltvæggede
kaffeglas. Han havde sin lænestol i hjørnet, hvor han
læste nyheder på sin iPad, men når han drak vin,
drejede han stolen og kiggede ud ad vinduet mens han
nød stilheden i lyset fra standerlampen. Man skulle
ikke komme og forstyrre ham. Han skulle bare have lov
at sidde og nyde sit glas, uden ringende telefoner eller
ubesvarede mails, og uden at folk kom i tide og utide og
rev ham i skjorten for at få ham til at løse endnu en
kompliceret opgave i en ukompliceret hverdag. Det er
noget af det jeg husker og forsøger at minde mig selv
om.

Livet er faktisk ret ukompliceret. Du står op, du går på arbejde, så kommer du hjem, kysser din mand eller kone, spiser aftensmaden, vender dagligdagen, ser noget flow-tv eller en ligegyldig Netflix-serie, og så går du i seng. Far arbejdede ikke for at blive rig. Han var rendyrket karrieremenneske, men det var fordi han elskede sit arbejde, som sine egne børn. Hvis du gav ham 100 millioner og bad ham sige sit job op, så ville han gøre det, men møde op og arbejde gratis. Han brækkede sig over unge, som ville gå på pension så hurtigt som muligt for så først dér at begynde at leve livet. Unge der bare skulle have det bedst betalte job, og så var de ligeglade med, hvad de så skulle lave. Var livet ikke mere end at styre sin egen tid? Man skal investere sig selv i andre, skabe meningsfyldte relationer, skabe ting som rent faktisk har en værdi. Livet er mere end bare at tjene penge. Penge gør dig ikke lykkelig.

Det er lidt den samme sang om, at alle hader mandage. Nej, du hader det du laver. Jeg ville elske at arbejde til jeg faldt død om, hvis mit arbejde gav mig en større mening. Hvis jeg følte, at hver gang jeg gik på arbejde, så gjorde jeg en forskel for andre mennesker. Jeg ved ikke hvad jeg vil med mit liv. Jeg håber, jeg finder ud af det. Men jeg ved bare, at det ikke handler om penge.

Det var faktisk en god vin. Den var fyldig og smagte af meget. Det var som om, man havde munden fuld af frugt, når man tog en slurk. Ja, jeg ved ikke noget om vin, men jeg kunne faktisk godt forstå, hvorfor min far bare havde behov for at være stille, når han drak. Den var let at drikke.

Jeg fik i hvert fald et glas mere end ham. Så sker der det på et tidspunkt, som der gør, når voksne drikker vin, at den der tømmer flasken, han eller hun vender flasken 180 grader over glasset, så den sidste dråbe kan løbe ud, og så tæller man sekunder indtil værten bryder ind og tilbyder at hente en ny flaske. Jo længere man sidder med flasken i armen, jo mere alvorligt er det. Jeg skulle ikke sidde længe. Filip tilbød hurtigt at hente en flaske til. Han spurgte ikke ind til det. Han tog flasken ud af hånden på mig og rejste sig.

Han spillede sådan noget 80'er-90'er-musik. Igen sådan noget, hvor man havde fundet en god popmelodi, og så betød teksten ikke noget. Det var vanvittigt godt. Jeg ved ikke, om det var fordi, jeg var så fuld som jeg var, men jeg kan huske at jeg dansede. Det gør jeg ellers normalt ikke. Men jeg dansede, og vi dansede, og vi drak mere vin. Så kom der et stille nummer på. Han kiggede på mig med de der øjne igen. Jeg kan huske, at han lagde sine hænder på mig ved mine hofter, og jeg tog sådan fat omkring hans håndled i panik, fordi jeg ikke helt forstod, hvad det var der foregik. Han tyssede nærmest på mig med sit blik, som om han forsøgte at overbevise mig om, at det var okay. Pludseligt dansede vi bare tæt. Jeg lagde mine arme på hans skuldre, og han bevægede læberne til den der sukkersøde tekst, som om han sang den til mig. Jeg smilte og kiggede væk, fordi jeg kunne mærke, hvor meget jeg rødmede.

Jeg havde aldrig forestillet mig den her situation opstå. Jeg var jo kommet fordi... Ja, jeg vidste det faktisk ikke. Jeg bildte mig selv ind, at jeg var kommet for at hjælpe ham finde tilbage med Freja, men Freja var jo netop ikke interesseret i ham. Så hvad fanden havde jeg egentlig gang i? Hvad var det for en veninde, jeg skulle forestille at være? Det gik op for mig, at det var helt forkert, det jeg havde gang i, men Filip kunne godt mærke det på mig, at der ændrede sig noget i den her leg vi legede, så inden jeg nåede at rykke mig væk fra ham, så... Så kyssede han mig. Han lænede sig ind mod mit ansigt og kyssede mig, mens jeg stod nærmest paralyseret og vuggede til musikken og promillen og læberne og tungen og hans hænder. Det var jo ikke det, at jeg overhovedet ikke havde lyst til, at han kyssede mig. Han var en flot fyr, og han havde virkelig charmet sig ind på mig, og vinen gjorde det bestemt ikke lettere at sige nej. Han var jo rar at kysse med. Han duftede godt. Måske var det forkert, men Freja ville jo heller ikke have noget med ham at gøre alligevel. Jeg

272

opdagede ikke hans hænder på min røv, før han fik
skubbet mig ned i sofaen, og han måtte glide dem ud
under mig. Han førte sine hænder op under min trøje
og følte mig på min bh. Han fik ligesom kørt sin
tommelfinger ned på indersiden og strejfede min
brystvorte. Det var der jeg kunne mærke, at jeg faktisk
ikke havde lyst til mere. Jeg var simpelthen ikke klar til
det. Det var rart at kysse med ham, men det var
simpelthen over min grænse, at han skulle røre ved mig
på den måde. Jeg fik stoppet kysset og løftet ham fra
mig, og jeg syntes selv, at jeg fik sagt ret tydeligt fra.
Han smilte til mig og nikkede, og så fjernede han sin
hånd igen. Vi kyssede videre, men så... Så var hans
hånd et andet sted. Og jeg ved ikke, hvad jeg havde
forventet af følelsen af det, for det var enormt utrygt,
men samtidig også bare en lillebitte smule rart. Men det
var følelsen af at have sagt nej én gang, og så blive
antastet på den måde igen, som bare bekræftede mig i
at det var forkert, og jeg tog fat om armen på ham igen
og forsøgte at trække ham op, men han sagde, at der
var en grund til at jeg var våd dernede, og det var
tydeligt at jeg kunne li' det... Han hørte ikke længere
efter. Jeg kunne ikke få ham af mig, og til sidst var jeg
bare så udmattet og fuld og... Jeg lod det bare ske. Jeg
kunne ikke forhindre det. Han gjorde det bare. Og
bagefter knugede jeg ham bare til mig. Jeg var bange
for ham, men endnu mere bange for, hvad der ville ske

med mig, hvis jeg pludselig var alene. Jeg havde ikke lyst til at skulle tilbage til den virkelige verden.

Filip ville holde det tæt. Han sagde, at hvis nu Freja fandt ud af det, så ville hun skrotte mig som veninde. Så jeg lovede, at vi ville holde det tæt. Han sagde også at han holdt af mig, men heller ikke havde lyst til at såre Freja, når nu det kun var sket den her ene gang. For ham var jeg en hemmelig, men for mig var han en ed. Jeg kunne ikke sige det til nogen, selvom jeg virkelig havde brug for hjælpen. Når man starter en samtale, man fortryder halvvejs, så stopper folk på et tidspunkt med at lytte efter. Det er som at råbe under vand. Jeg følte allerede den nat, at jeg var druknet.

49

Jeg bliver nødt til at spørge dig igen: Var det Filip, der introducerede dig til Mappen?

Efter den nat begyndte Filip at skrive til mig. Det var mest om aftenen og beskederne var mest af seksuel karakter. Han sagde, at han savnede mig og spurgte, hvornår vi kunne være sammen igen. Jeg prøvede at være høflig, for jeg vidste ikke, hvordan jeg havde det indeni. Jeg vidste ikke længere noget. Jeg ved ikke om Freja kunne mærke det på mig. Jeg havde lyst til at fortælle hende det, fordi jeg virkelig havde behov for at snakke med nogen om det. På den anden side turde jeg ikke. Jeg var bare så bange. Bange for hvordan hun ville reagere. Bange for Filip. Bange for hvad der skulle ske. Så jeg kunne ikke. Jeg holdt det for mig selv.

Når ikke jeg svarede på hans beskeder, prøvede han at hente mig ved bussen. Det var så pinligt, når han holdt ind og råbte, og han holdt ikke op med at skrige og dytte, før jeg rent faktisk satte mig ind. Så skældte han mig ud for ikke at svare, for han kunne ikke forstå hvad jeg havde gang i.

"Vi havde haft sådan en dejlig aften sammen". Jeg kunne ikke fortælle ham, hvordan jeg havde oplevet det.

"Jeg har hørt, at du ikke kan holde dig til én pige",

sagde jeg så til ham. Han kiggede på mig med et smørret smil.

"Hvor har du hørt det fra?" spurgte han.

"Det er lige meget, men jeg har bare hørt, at pigerne har svært ved at holde fingrene fra dig. At du får sendt lumre beskeder og frække billeder og sådan". Han grinte. Det mente han overhovedet ikke havde noget på sig. Han sagde, at han kun ville mig, og det var derfor han var så ked af, at jeg ikke svarede. At jeg overhovedet kunne finde på at anklage ham for sådan noget. Så mens han snakkede for sin syge moster, tog jeg hans telefon fra holderen og klikkede ind på beskederne. Han prøvede at tage den fra mig, men kunne ikke mens han kørte bilen og skulle forhindre os i at køre galt. I stedet havde jeg tid til at gå beskederne igennem. Det var i det øjeblik, jeg fandt ud af det. Der var ingen billeder. Kun ord. Kun løfter og halve aftaler. Men der var så mange navne. Der var så mange beskrivelser. Jeg var så frastødt af at læse det, så jeg sansede slet ikke at han holdt ind til siden og vristede telefonen ud af min hånd. Så sad jeg bare og stirrede ud i luften. Jeg fangede ikke et ord, han sagde til mig. Jeg kunne kun tænke på, at jeg havde fundet en af bagmændene bag Mappen.

Jeg havde set det med mine egne øjne. Jeg havde selv set, hvordan han blev tilbudt de her forfærdelige billeder af intetanende piger. Det var helt surrealistisk.

276

Og så begyndte han på sit manipulationspis og ville gøre mig til skurken igen, men det prellede helt af på mig. Jeg kiggede bare på ham med et iskoldt blik og grinede. Så bad jeg ham holde sin kæft, og så begyndte jeg at fortælle ham, hvor forfærdeligt og modbydeligt et menneske han var, hvor umenneskeligt det han havde gang i var, og hvor meget jeg så frem til at melde hans taberagtige røv til politiet. Ja, jeg tror faktisk også jeg fik sagt noget i stil med, at "selvom jeg kun har haft sex den ene gang, hvor han voldtog mig, så vidste selv jeg, det var dårlig sex, selvom jeg ikke havde noget at sammenligne med".

Nu var det ham der grinte.
"Du fortæller ikke en skid til nogen", sagde han. Så startede han bilen og begyndte at køre igen.
"Hvorfor skulle jeg ikke det?", spurgte jeg ham. Jeg havde jo set det hele med mine egne øjne.
"Fordi du bliver værst for dig selv", sagde han. Jeg kiggede på ham og smilte. Det var lige så tomme ord, som alt andet han havde sagt til mig. Men så fortsatte han. Han kunne ikke bare fjerne alle beviserne. Han kunne også forsikre mig om, at det ikke ville betyde noget at tage ham ud. Der var flere involverede i det, end jeg i min vildeste fantasi kunne forestille mig. Det ville være spild af tid for mig. Men... Så fortsatte han. Han sagde, at det mest af alt ville gå ud over mig. Han sagde, at han ville gøre mit liv til et levende helvede.

Han sagde, at jeg ikke kunne forestille mig, hvad han kunne udsætte mig for. Og... Så sagde han... Undskyld... Han spurgte mig, om jeg kunne huske hvad der rent faktisk skete den aften. Han spurgte, om jeg kunne huske, hvordan jeg havde teet mig. Han spurgte, om jeg selv kunne huske kameraet. Jeg blev stille. Jeg prøvede at huske tilbage på aftenen. Jeg kunne svagt ane mobiltelefonen, men havde ikke lagt mærke til den. Jeg havde ikke troet på det. At han gjorde noget. Men det gjorde han. Åbenbart.

"Det gør du ikke", sagde jeg til ham.

"Nej, selvfølgelig ikke", svarede han. Så længe jeg bare gjorde, som han sagde.

Jeg havde to valgmuligheder. Enten skulle jeg arbejde for Mappen, og hvis ikke... Så ville jeg selv ende i den.

Vil du fortælle mig lidt om din egen rolle i Mappen?

Inden jeg gør det, er jeg bare lige nødt til at understrege endnu engang: Jeg er blevet udsat for livstruende afpresning. Jeg ville få smadret mit liv, hvis ikke jeg samarbejdede. Det kan godt være, at jeg ikke selv så beviserne, men for mig har det været ligesom en forhandling i en gidselsituation. Jeg har ikke haft råd til at tage nogen chancer. Hvis ikke jeg ville være med, så risikerede jeg at ende i Mappen, endda med bevidsthed om, at mit dyrebareste lå frit tilgængeligt for alle og enhver.

278

Jeg havde en masse huller i min hukommelse fra den aften, men hvis han havde noget som helst på mig, så var det ikke husmorporno. Jeg vidste ikke, om han havde billeder eller video på mig, eller begge dele. Men jeg var nøgen. Jeg havde haft sex. Jeg havde... Du ved, på mig. Det ville være endnu mere ydmygende, end hvis jeg selv havde taget billederne. Det ville hjemsøge mig for evigt. Jeg havde ikke noget valg.

Når gode veninder er sammen, ender man ofte i intime situationer. Altså, vi går jo på toilet sammen, for fanden. Vi prøver tøj sammen når vi shopper, vi klæder om foran hinanden, inden vi skal til fest. Ja, selv til fester tager vi, hvad skal vi kalde det, "provokerende" billeder sammen, når vi er blevet småfulde. Jeg har ikke en god veninde, som jeg ikke har set nøgen. Jeg selv har nok været lidt mere forsigtig omkring det, men jeg er også noget mere anderledes end mine veninder. Men jo, nogen af dem har også set mig uden tøj på. Selvfølgelig er det da sket. Derfor er det også ret nemt at skaffe billeder af andre, hvis man er tvunget til det.

Jeg har aldrig opsøgt piger eller lavet aftaler med dem for at skulle tage billeder af dem. Aldrig. Men jeg har, hvis øjeblikket er opstået og muligheden været til stede, taget et billede af en veninde i en intim stund. Jeg kan ikke sige det med sikkerhed, men... Nogle af de billeder - ikke dem alle - men nogle af billederne, de er nok endt i Mappen. Jeg er nødt til at indrømme det, selvom jeg aldrig kan vide mig sikker på det. Jeg har ikke personligt sendt billederne til nogen. Det ville jeg ikke være med til. Men jeg har, mens jeg har været i samme rum som Filip, ladt min telefon ligge ulåst og forladt lokalet. Hvad han har gjort i mellemtiden, ved kun han. Det skal jeg ikke kunne sige. Vores aftale har fra starten af været, at jeg har lovet ikke at gå til politiet, hverken omkring Mappen eller voldtægten. Hvis jeg undlod at gøre det, så ville jeg også blive holdt ude af Mappen. Det er det, vi har aftalt. Jeg tror på, at jeg ikke er at finde i den mappe. Jeg kan ikke vide mig sikker, men jeg tror på, at vi er vores ord værd. Det ville ikke nytte noget at få fældet Filip. Det ville kun gå ud over mig selv. Jeg kunne ikke fjerne voldtægten fra mit liv. Jeg kunne ikke slette billederne fra min nethinde. Det kunne jeg simpelthen ikke.

Hvis ikke I har haft en aftale om billeder, hvorfor har du så taget dem?

Du må forstå, at jeg har handlet i frygt. Frygt for at han skulle vende sig mod mig. Af samme grund har jeg gjort ting med den fyr, som jeg ikke er stolt af, og som jeg er skuffet over mig selv over at have gjort. Det er ikke alt, der bliver bedre efter den første gang. Til sidst betyder det bare ikke noget mere.

Som jeg sagde, så var det ikke unormalt, når gode
veninder er sammen. Jeg prøver at sige, at jeg ikke har
haft nogen aftale om at være en del af bagmændene bag
Mappen. Det var ikke nogen hemmelighed, at folk
betalte penge for at få fat i billederne. Filip har også
vidst, at jeg havde nogle billeder. Han har ikke bedt mig
om at skaffe flere billeder eller billeder af bestemte
piger. Han har heller ikke købt billeder af mig. Hvis vi
har bestilt mad eller lavet noget andet, så har jeg lagt
ud, og så har han betalt mig tilbage, det gjorde han ofte
i kontanter og bedt mig beholde byttepengene. Hvad er
penge mellem venner? Men jeg har aldrig fået betaling
for noget. Jeg har aldrig taget billeder af piger for at få
dem i Mappen. Jeg har været ung og dum, ligesom alle
andre unge og dumme mennesker, og jeg bliver nok ved
med at være ung og dum lidt endnu. På samme måde
bliver jeg nok ved med at være bange. Jeg tror generelt
heller ikke, at det har været kutymen at sælge billeder
til Mappen. Jeg tror man har bidraget med billeder, og
så fået noget igen. Men jeg tror de eneste som faktisk
har tjent penge på Mappen, det er de som har solgt
USB-stikkene. Der er ikke nogen, der har solgt billeder
til Mappen. Det har altid været den anden vej rundt.

50

Hvordan tror du fremtiden ser ud?

Jeg ved godt, at jeg har fortalt meget om mig selv,
men... Jeg tror det er vigtigt, man lærer af sin fortid.
Jeg ville ønske, jeg kunne være alt det her foruden,
men jeg kan ikke ændre på historien. Det er som det er.
Der er ingen, der fortjener det, som de piger der er i
Mappen bliver udsat for, men... Altså... For fanden da...
Mange af dem ved jo ikke engang, at de er med i den!
Det er fandeme mig, der er offeret i det her! Jeg har fået
stjålet en del af mig, som jeg aldrig nogensinde kan få
tilbage igen! Jeg har mistet en del af min krop! Jeg har
mistet en del af min identitet! Jeg er blevet ødelagt! Jeg
vil blive mindet om det resten af mit liv! Der er ingen,
der kan lave om på det. Jeg vil bare ikke blive husket
som en skurk! Jeg prøvede bare at redde mig selv... Det
var bare for sent... Alt, alt for sent.

Jeg tror Mappen i sig selv hører fortiden til. Det er med
porno, som det er med TV-pakker. Der er ingen der
gider betale for at have 42 kanaler, hvis du kun ser fire
af dem. Hvad skal du med alle pigerne i kommunen
hvis du kun interesserer dig for en håndfuld? Du gider
ikke se på noget, du ikke har et forhold til. Så kunne
du lige så godt streame en video på nettet. Det ville
være det samme. Det hører fortiden til.

Min største frygt er de her lukkede Facebook-grupper, man læser så meget om i medierne, om hvordan nøgenbilleder er blevet til en form for byttekort, som man handler med på en form for lurer-børs. "Er der nogen der har billeder af hende der, så kvitterer jeg med billeder af hende her". Du kan sikkert købe billeder på Snapchat lige så hurtigt, som du kan købe pot. Det lyder til, at det oftest er semikendte mennesker, der har et vis antal følgere på nettet, men i dag er alle vel også offentlige personer, er vi ikke? Der er altid risiko for at få et par på lampen, når man stikker næsen frem. Det skal jo heller ikke være alt for nemt at være et kønt ansigt.

Jeg prøver ikke at forsvare noget som helst. Jeg kommenterer bare på, hvordan verden er blevet. Vi vil være hinandens værste fjender, før vi er hinandens bedste venner. Jeg håber, det ændrer sig. Jeg håber, vi igen lærer at stole på hinanden. Stå sammen igen. Vi skal nok finde kuren mod kræft og løse klimakrisen. Den største trussel mod menneskeheden er menneskene selv. Og i forhold til alt det her, så bare vent at se. Om fem år, så "deepfaker" man alverdens porno, så du kan se alle mennesker i hele verden nøgen gennem et profilbillede. Bare vent. Det er svært for mig at tro på noget andet. Også selvom jeg håber på det modsatte.

Der er forskel på at håbe og tro. At håbe er som at købe en lodseddel og krydse fingre for det bedste. Det er at overlade alting til tilfældigheder. Men tro er fast tillid til det, der håbes på, overbevisning om det, der ikke ses.

I den virkelige verden findes ikke rigtigt og forkert. Der findes kun vindere og tabere.